いけ好かない商売敵と

バーバラ片桐

Splush文庫

contents

〔一〕

駅前から五分ほど歩いた繁華街に、その雑居ビルはあった。

五階建ての縦に細長いビルの屋上に、でかでかと『ストーカー対策・相談』の大きな看板が設置されている。山手線《やまのてせん》のホームから見えるその看板にはわりと効果があって、それを見てやってくる客が月に数人はいるのだ。

事務所を出してまだ半年の新人弁護士である松本吉晃《まつもとよしあき》にとっては、その立地条件はとてもありがたかった。

一階には喫茶店。二階から上は、各階二つずつの事務所。

そこの狭い階段を、松本は上がっていく。事務所に午前中から詰めているようにするのも、新しい依頼人を手に入れるいい方法だった。だからこそ、二階の廊下に人影があったときには、自分のところの客かと期待した。

だが、その人影が見慣れた相手だと気づくと、松本の顔から人当たりのいい笑みはすうっと消えた。

その端整な造作が際立つ無表情になって、彼の前を通り抜ける。

「――おい」

その途端、恫喝《どうかつ》するように言われた。

二階には廊下を挟んで配置された、二つの事務所がある。

一つは松本の法律事務所であり、もう片方はこのビルのオーナーである朝生櫂吾《あさおとうご》の探偵事務所だ。同じ二階にストーカー対策を業《なりわい》とする二つの事務所があるのだから、当然看板目当てでやってきたストーカー相談の客を取りあうこととなる。すでに二人は、この半年の間に犬猿《けんえん》の仲になっていた。

猛勉強して弁護士資格を取った松本がスーツ姿でビシッと決めているのに対して、朝生はいつ見てもラフな姿だ。元刑事と聞いたが、暴力団対策班にでもいたのではないかと思うほどの、不良じみたガラの悪さ。シャツは派手だし、首筋には金色のネックレスまで光っている。そういうのが格好いいと思っているようなのだから、本当に理解しがたい。足元は常に便所サンダルで、だいぶ秋も深まってきたのにそれで寒くないのだろうかと思う。

目つきは悪いし、客にも遠慮のない口の利《き》きかたをする。だが、今日日《きょうび》、探偵も弁護士も客に対する配慮が必要ではないかと思うのだ。

――この男は、愛想のなさで損をしている。

だからこそ、『ストーカー対策・相談』を目当てにやってきた客の大半が、人当たりのいい松本の弁護士事務所のほうに吸いこまれてしまう。それは自然の摂理であって、文句を言われることではないし、言われても松本としては納得することができない。

今回も、またそのことで文句を言われるのだと思った。この男が、自分に対して文句以外を言ったことはほとんどないからだ。だが、事務所の下見に来た日だけ、営業的な笑顔を浮かべて言われたことを松本は忘れてはいない。

『ああ、あの看板は、同じく探偵をしてたじいさんが出しっぱなしにしておいたものだから、ストーカー対策の仕事するんだったら、ちょうどいいんじゃねえか？』

その言質《げんち》を取っているのだから、今さら文句は聞き入れない。

だからこそ、今日も何を言われようが平然と受け流せるように、松本は振り返って、腹に力をこめた。

自転車操業の弁護士事務所だが、まだ家賃の支払い日までには猶予《ゆうよ》がある。今月はどうにかなるはずだ。

だが、朝生がいつになく艶《つや》っぽく微笑みかけてきたからゾッとした。爬虫類《はちゅうるい》の目だが、そんなふうに笑うと薄気味悪さに混じってかすかに愛嬌《あいきょう》のようなものがある。朝生は手に紙袋を持って、親しげに松本の肩を抱きしめた。

「おはよ。メシまだだろ。買ってきてやったぞ」

「はぁあああ？」

得体が知れなくて、ぞぞぞっと鳥肌が立つ。

この男のこんな笑顔など、今までに見たことがあっただろうか。いや、ない。昨日、いきなり怒鳴られたのは、『ゴミは分別して出せ』だった。もちろん松本は几帳面《きちょうめん》だから、ゴミを分別せずに出すことはなく、他の誰かの仕業《しわざ》だろ、探偵だったらそれくらいの調査はちゃんとやれ、と心底呆《あき》れきった様子で言い返してやったが。

たいていの人間とはうまくやれる自信のある松本だったが、こと朝生が相手だとどうしてここまでキレるのか自分でもわからない。朝生がケンカ腰で来るからこちらもそれに対抗せずにはいられず、ことさら朝生を刺激するような冷笑を浮かべてしまう。ここに事務所を開いて半年間、客を取ったの取ってないの、おまえのほうが夜間の客は取ってるとか、そんなことで言い争ってばかりだ。

「食べねえか？　俺のご飯《はん》」

そんな朝生が松本の肩に親しげにしなだれかかり、紙袋を見せて誘惑してくる状況が把握できない。その紙袋は一階の喫茶店のテイクアウト用のもので、その膨《ふく》らみ具合から見るとおそらくコーヒーと軽食が入っているようだ。

——毒でも入っているのか？

もちろんその親切を正面から受け止められるはずもなく、裏に何かがあるとしか思えない。

抱き寄せるように親しげに身体を寄せられて、松本は硬直した。この男の顔を、こんなにも間近で見るのは初めてだ。粗暴なだけだと思っていたが、意外なほど顔立ちが整っているのに驚く。細くてつり上がった目は何だか色っぽいし、唇も不思議と艶っぽい。気のある様子で顔を寄せられると、少し妙な気分になってくる。

だが、自分がゲイだということをこの男に知られたくはなかった。何かとそれをネタに、攻撃してきそうだからだ。

「どうしておまえ、朝早くから来てるんだ？　徹夜したのか？」

松本はさりげなく周囲の様子をうかがった。

朝生の表情は、妙にうつろだ。目の焦点が合っていないし、目の下のクマが濃い。そんな男が自分に朝食を差し出してくるなんて、ホラーのようなものだ。

「そんなのはどうでもいいだろ。一緒にコーヒー飲もうぜ」

重ねて誘われたが、早朝の怪談に巻きこまれたくはなかった。

この誘いには乗らないほうが得策だと判断した松本は、すげなく朝生の手を振り払った。

だが、間を置かず壁にバンと片手を突かれる。

「どうしたんだよ？　卵サンドは食べたくない気分か？」

にこやかに誘いこむのはやめて、今度は恫喝路線らしい。

――卵サンド、だと……？

そのアイテムが気になった。

卵サンドは松本の大好物だ。空腹だったが、それにつられて一瞬だけ動きを止めると、ますます顔を寄せられた。

「とりあえず中に入れてくれない？　コーヒーあるから」

乱暴者としか認識していなかった相手にこんなふうに気のある笑みを向けられると、それだけでも動揺する。狼《おおかみ》を思わせる鋭い眼光は微笑めばかなり緩和《かんわ》されるから、このギャップにやられる女性も多いんだろうな、と分析した。

「おまえ、ヒモかホストやってた？」

思わず、そんな言葉が出る。その気になれば、おそらくその魅力で相手をあやつることができるだけの魅力がある。そんなふうに判断して口走ったのだが、朝生はひどく楽しいことを聞いたかのように不穏《ふおん》に微笑んだ。

「俺の過去が気になる？」

そんな言葉とともに、ドアに腕を突いた朝生が松本をドアとの間に追い詰めてくる。身長は同じくらいだから、顔の位置が近すぎる。まるでキスでもされそうな距離感に、さすがに松本も少し焦《あせ》った。

これではまるで、恋人同士の近さだ。こういうのは大好物だが、相手の意図がわからないうちにその気になるわけにはいかない。

そう思って自制しようとした松本のしかめっ面《つら》は、拒《こば》んでいるようにも見えたのだろう。松本への嫌がらせが大好きだからこそ、朝生は悪ノリしたかのように松本のあごをつかんでくる。本気でキスでもしようとしているのか、吐息が顔にかかった。

だけど、そこで松本はピンと来た。目がこちらを見ていないからだ。誰かにこの姿を見せつけようとしているかのように視線がすっと泳いで、階段のほうを確認している。

——そこには誰もいないよ。

松本は今来たばかりだ。階段には誰もいないことを確認している。いつ朝生がそのこと

に気づくのかと思いながら、ようやくすぐそばに寄せられてきた朝生の顔を、余裕を持ってしみじみと鑑賞することができた。

軽く開いた唇から漂《ただよ》う男の色香にぞくっとする。少し唇が荒れているし、無精髭《ぶしょうひげ》も生えていた。だけどそんな無頓着なところもいい。この状況をもっと利用しなければいけない気がして、松本は朝生の首の後ろに腕を回し、軽く唇を触れあわせてみた。思いがけず柔《やわ》らかい唇の感触に、ぞくっとする。

「……っ！」

まさか松本から口づけてくるとは思っていなかったらしく、朝生は仰天《ぎょうてん》したように身体を引いた。それから、焦った様子でごしごしと唇を拳《こぶし》で拭《ぬぐ》っている。耳まで真っ赤にして狼狽《ろうばい》している朝生に、松本はようやく種明かしした。嫌がらせのお礼はこれで十分だろう。

「もう階段に、おまえのストーカーはいなかったけど」

「ンだと！」

その事実に仰天したのか、朝生は目を剝《む》くと、松本を残して大股で階段のほうに向かう。その言葉が真実だったのをギャーと叫んで確認するなり、松本を化け物でも見るような目で見て、無言で自分の事務所に戻ろうとする。そんな朝生を、松本は追いかけた。

「おい」

朝食の入った紙袋を、松本が持っているからだ。

朝生が荒々しくドアを閉じようとするその寸前に革靴で蹴りを入れ、どうにか足を挟まれることなく室内に入りこむ。松本が借りている事務所よりやや広めの部屋だが、いかにも探偵事務所らしく室内は雑然としていた。その部屋の一番手前にある依頼者用のソファに、松本は勝手にどっかりと座りこんだ。

「どういうことだ。事情説明くらいしろ。巻きこまれ代として、これは俺が食うぞ」

「誰がてめえなんかに！」

「キスくらいじゃ、ムカツキが収まらないからな」

松本はそう言いきる。こんな男と顔を合わせずにいたほうがよっぽどおいしく朝食を味わうことができるはずだが、それでもキスまでした朝生にかまいたくなっていた。

「ケッ。だったら好きにしろ」

あれほどまでに馴《な》れ馴《な》れしく身体を近づけてきたくせに、朝生は事務所に入った途端、その仮面をかなぐり捨てたらしい。

松本のいるソファを蹴り飛ばすなり、洗面所に近づいてこれ見よがしにうがいをしてから、顔を洗い、歯磨きまで始める。よっぽど男にキスされたのが衝撃的だったのだろうか。ここまでされると、またキスして嫌がらせしたくなるから困る。松本は理性的な男で、朝生以外の誰かに嫌がらせしようなんて思ったこともないのだが。

「あー……。何であんなことになったんだか」

「おまえから仕掛けてきたんだからな」

松本はしっかりとそう言っておく。

この男が別れさせ屋のような仕事をしているのは知っていた。愛想のないこの男にどうしてそんな仕事が務まるのか不思議だったが、先ほどの件でだいぶ理解できた気がする。

――その気になれば、ひどくモテる。

むしろ普段の無愛想《ぶあいそう》な態度は、それを避けるための工作ではないかと思ってしまうほどだ。あの一瞬の艶っぽい表情や、目の輝き。馴れ馴れしく触れてきた手の感触が不思議と心に刻みこまれて忘れられない。

朝生の事務所の近辺に、このところ女性のストーカーがうろついているのをよく見ていた。おそらく別れさせ屋の仕事でその依頼人にでも惚《ほ》れられ、それをどうにかしたくて松本を利用しようとしたのだろう。

「どういうことなのか説明してくれ」

言ってはみたが、朝生はムッツリしたまま口を開こうとはしない。そんなことだろうと思っていた松本は、諦めて紙袋を開封した。

今朝は何かとせわしなくて、朝食を取ってはいない。抜きでもよかったが、好物の卵サンドと聞いて食欲を刺激されていた。

だが、紙袋から出てきたのは、パストラミサンドだ。そのことにギョッとした顔をした松本を見て、歯磨きをしていた朝生はニヤニヤ笑い始めた。一度意識してしまったからには、その笑顔がやけに可愛《かわい》いものに見えて、松本はそんな自分に焦る。

「何で卵サンドじゃないんだ？」

だからこそ、松本はあえて不満そうな表情を作ってみせた。

「俺が好きなのは、そっちだから。いらねえんなら、残してくれていいぜ」

「いいや。俺はパストラミサンドも好きだからな」

そう言うと、朝生が残念そうに肩をすくめるのもたまらない。

コーヒーもすすりながら、松本は歯磨きを終えて室内をうろつき始めた朝生をあらためて観察した。

——二十代後半か、三十代前半。刑事あがりの探偵。水商売の女性にはやたらとモテるらしいが、今のところ特定の恋人はいない様子。仕事はそこそこ。繁盛はしてないけど、閑古鳥《かんこどり》ってほどではない。

廊下を挟んで依頼人を取りあう関係だから交流はろくになかったが、事務所の契約のときに聞き出したところによると、刑事を辞めたのは日本の司法制度に愛想が尽きたからだそうだ。

目の前に犯人だと思える男がいるのに、法律に阻《はば》まれて逮捕できなかったことがあったらしい。そのことにキレて刑事を辞め、探偵に転身した。

探偵業ならばなおさら、法的な縛りは厳しいはずだ。それでもいくらかは自由になれたのかと松本が尋《たず》ねると、そのとき朝生は世慣れた顔をして苦笑してみせた。

——探偵の仕事のほとんどは、浮気調査だしな。

一般の人間が探偵と関わりを持つのは、そんなときぐらいだろう。

朝生がテレビをつけたので、松本はそちらに顔を向ける。朝のニュースが始まったところだった。

いつもとさして変わらないニュースだが、松本は国選弁護人の仕事でこうした事件の弁護を担当することがある。金にならない仕事ではあったが、糊口《ここう》はしのげるし、勉強にもなる。

そのために事件が発生した場所に注意しながら、朝生はニュースを聞いていく。

『――昨夜、十月九日の夜の十一時ごろ、板橋《いたばし》区内の路上で、刃物を持った男に女性が切りつけられるという事件が発生しました。悲鳴を聞いて駆けつけた警察官を見て犯人は逃走。被害者である女性は病院に搬送されましたが、命に別状はなく、軽傷だということです。刃物を持った犯人は現在も逃走しているということで、付近の住民たちに注意が呼びかけられました。近隣の小学校も、今朝は保護者が付き添って登校しています』

小学校の登校の様子が流れた後で、画面は切り替わった。

『付近の防犯カメラに映った犯人の映像が入手できましたので、ご覧ください』

映し出されたのは、黒い服の上下に野球帽の、小太りの男だった。顔は見えない。

事件そのものではなく、その男が全速力で走っていく姿が流れただけだ。

何とはなしにテレビを眺めていた松本だったが、そのとき、ふと何かの気配に気づいて顔を上げた。歯磨きを終えた朝生が、テレビに近いソファの背後に立って食い入るように画面を見ている。

尋常ではない集中が感じられたので、松本はギョッとした。

「知ってるやつか？」

「まさか！」

即座に否定されたものの、その否定が早すぎるし、口調も強すぎる。何か隠しているような気がして、松本は朝生から視線が離せなくなる。

「知り合いではないかも、って思っても、念のため通報しておいてやったほうがいいぞ。警察はのどから手が出るほど、情報を欲しがってるだろうし」

「てめえに言われなくても、警察のことは俺が一番よく知ってるよ」

げんなりしたように言い返されて、そうだ、こいつは元刑事だったと再認識した。

それでこの話は終わりかと思いきや、朝生は別のニュースを報じ始めたテレビ画面をしばらく眺めた後に、おもむろに言ってきた。

「――おい。たとえば犯罪者に依頼されて、その犯罪の被害に遭《あ》った人間の住所などを提供した場合、その探偵も共犯になるのか？」

法律は松本の専門だ。だからこそ聞かれたのだろうが、この流れでは朝生がその事件に関わっているように思えてならない。とりあえず、質問には答えてやる。

「その探偵が、どこまで情報を知っていたかによるだろうな。依頼人が犯罪に利用するためと知っていて、対象者の住所などを提供してたらアウトだ」

「知らなかった場合は、セーフ？」

「あともう一つ、大切なポイントがある。依頼されてその相手の住所などを入手する際に、探偵が非合法な方法を使ったかどうか。使ってたら、アウト」

それが痛いところを突いたのか、朝生は無言になった。

松本は深々とため息をついた。ここは、早めに引導を渡してやったほうがよさそうだ。

「何か後ろ暗いことがあるんだったら、すぐさま弁護士つきで出頭しろ。こういうのは早ければ早いほどいいからな」

この犬猿の仲の探偵が、自分の依頼人になるとは思わなかった。だが、松本は好悪の感情抜きに仕事をこなせるぐらいには、プロフェッショナルなつもりだ。

すぐさま付き合ってやるつもりで立ち上がったのに、当の朝生は驚いたように後ずさった。

「ちが……っ、俺の話じゃねえよ！」

「どうだか」

この話の持っていきようでは、無関係とは思えない。往生際《おうじょうぎわ》が悪い依頼人を説得するために、松本は声に力をこめる。

「いいか。正直に出頭して洗いざらい喋《しゃべ》ったら、警察だっておまえを悪いようにはしないから」

「だから、警察のことは俺が一番よく知ってるって言ってんだろ！　俺の話じゃねえ！」

追及を逃れようとするかのように強い調子で言いきると、朝生はあごをしゃくった。その合図がわからずにいると、言葉で恫喝された。

「食い終わったら、とっとと出ていけ。ゴミは持って帰れよ」

食べ終わるまでは、どうにか待ってくれたらしい。

一気に殺気だった朝生に辟易《へきえき》しながら、松本は自分の事務所へ戻った。


――は……。

松本を追い出した後、朝生はぐったりしてソファに仰向《あおむ》けに転がった。

全く、ろくでもない朝だ。昨夜からずっとストーカー女につきまとわれ、朝になってまでもずっとついてきたので、振り切ろうとして松本に気のある態度を取ったのが裏目に出た。

すでにストーカー女はいなくなっていたというのに、あのいけ好かない弁護士にキスまでされたのだ。

――男でも、唇の柔らかさは変わらねえのな。

そのことに、少し驚いている。

松本にキスされたのは、嫌がらせに違いない。嫌がらせでしかないはずだ。それ以外の理由で、あのハンサムでエリートくささをプンプン漂わせている男が自分にキスなどするはずがないからだ。

だが、そんなことなど頭から吹き飛ぶほど、朝生は先ほど見たニュースに衝撃を受けていた。

もう一度あの防犯カメラの映像を確認せずにはいられなくなって、タブレットを引き寄せる。ネットニュースで同じものが配信されているのを探して、現場から逃げた男の防犯カメラ映像を繰り返し再生した。

——やっぱり、あいつに見える……よな。

顔かたちはまるで映っていないから、確実ではない。自分でもどこがどう似ていると具体的に指摘することはできない。だが、全体的なシルエットや動き方などによって、とある人間の名前が浮かぶ。

「よし」

朝生は決意して、ソファから起き上がった。

部屋でヤキモキしていても仕方がない。そいつが自分が知っている男なのか、確認してみることにした。

浮気の証拠をつかむための張りこみは午後や夜が多いから、今の時間なら動ける。それなりに仕事はあった。ムカつく松本が自分の依頼人を奪うのを見逃してやっているのも、どうにか家賃を払ってもらうためだ。

駅に向かいながら、朝生はあらためてその男の依頼を思い出していた。

そいつは、一ヶ月ほど前に朝生に探偵としての仕事を依頼してきた。

とある人間にご恩返しをしたいのだが、その相手が引っ越ししてしまっていて連絡先がわからない。ついては、その相手の現住所を調べてもらえないだろうか。

人捜しは探偵として、わりとよくある仕事だ。

多少は手間取ったが、十日ほどでターゲットの住まいを特定してその依頼人に伝え、朝生は報酬を受け取ってその仕事を終えた。それで終わるはずの一件だった。

だけど、何か気になるのは、自分がその件について確認を怠《おこた》ってしまったのかもしれないという引っかかりがあるからだ。

昔の探偵は、依頼がありさえすれば無頓着にその相手の住所を調べていたそうだ。だが、最近ではストーカー事件などもあるから、下調べはしっかりしておかなければならない。

依頼が男女間だったら、まずは確認から始める。恋愛がらみで逃げた女性や元女房を、DV傾向のある男性が追おうとしているケースが考えられるからだ。

朝生の場合はあくまで仕事の主目的は社会正義だったから、女性を苦しめる可能性のあるそのような依頼はキッパリ断ることにしていた。

――だけど、この場合はおっさん同士だった……。

どちらも五十代。くたびれきった風体《ふうてい》の、頭が薄くなりかけた中年同士。二人の間に雇用関係はなかったそうだし、二人仲良く旅行している写真も持参していた。

だからこそ犯罪がからんでいるとは思えず、気楽に受けてしまったのだ。

——あの事件の犯人は、その依頼人——鈴木《すずき》に似てる。

しかも、事件が起きた場所は、朝生がその依頼によって調べた対象者の住所に近い。鈴木に頼まれて探した恩人は小原《おはら》という名前で、叔母の遺産だという古い木造モルタル二階建ての一軒家に引っ越していた。

事件が起きたのは、その一軒家に近接した公園だ。朝生は小原がそこに住んでいるのを確認するために、現地に赴《おもむ》いている。その公園で時間潰しをしたし、小原を尾行して事件が起きたという小道も通った。小原の家に出入りするためには、通らなければならない小道だ。

——何か、気になるよな……。いろいろ符合しすぎる。

だが、襲った相手が小原ではなく女性だというのは、どういうことなのかわからない。小原は一人暮らしのはずだ。

わけがわからなかったが、朝生はとにかくその犯人かもしれない鈴木の住まいに向かっている。

——まぁ、ひっ捕《つか》まえて事情を聞き出し、その内容次第では警察に突き出す、というのが正しいやりかただよな。事件の犯人かもしれねえんだし。

朝のラッシュ時の混雑した電車から吐き出されて、朝生は鈴木のアパートに直行した。かなり老朽化した二階建てのアパートだ。まずは鈴木の住む二〇二号室の郵便受けを確認した朝生は、軽く眉を寄せた。

――梶山《かじやま》って誰だよ？

依頼人は鈴木と名乗っていた。記憶していた部屋番号が違っているのかどうか、朝生はあらためてスマートフォンで依頼書を呼び出して照合してみる。

――間違えてない。二〇二号室。

念のため、他の部屋に鈴木という表示がないかどうか確認してから、朝生は二〇二号室に向かった。もしかして、鈴木というのは偽名だろうか。もしくは、鈴木はこの住所からすでに引っ越したのか。

ドアには鍵がかかっていたが、朝生にとってはさしたる問題ではなかった。簡単すぎる施錠だから数秒で開けられる。

靴を脱いで畳の部屋に上がりこみ、布団に転がっているのが見覚えのある『鈴木』だと確認してから、床に脱ぎ捨てられているスラックスを引き寄せて財布を取り出した。

まずは身分証を確認したい。免許証があったから、それを抜き取る。

――梶山利史《としふみ》。……鈴木じゃねえな。

この男はこの自分に偽名を名乗っていたのだと思うと腹立たしく、さらに基本的な身元確認もしていなかった自分にも腹が立った。気のよさそうなおっさんに見えたから、手続きを省略してしまったのだ。

そのまま大股で布団に戻ると、眠っている梶山の枕を蹴り飛ばした。

「てめえ！　起きやがれ……！」

どこにでもいそうな、五十代のおっさんだ。いきなり怒鳴られて蹴られたのに仰天して目を見開いた。朝生を見て気まずそうな顔をした。

その反応に朝生の声が低くなる。

「鈴木さん。……って俺の事務所じゃ名乗ってたけど、梶山っていうのが本名らしいな。俺に偽名使ったのは、どうしてだ？　何か後ろ暗いことがあったからか」

取るものもとりあえずやってきてしまったが、もしかしたらこの男は事件の犯人かもしれない。そう思うとゾッとしたが、やはりこの梶山はそのような人間には見えない。

——人畜無害《じんちくむがい》っぽい。

やはり、あれが梶山だと思ったのは間違っていたのだろうか。免許証だけではなく、このアパートに血に汚れた衣服や刃物があるかどうかも、事前に確認しておくべきだった。そんなことを考えながら、朝生は油断なく室内を見回す。

「あっ、あっ、その、あのですね」

梶山はどうにかして、説明しようとしていた。

「以前、友人に忠告されたことがありまして。探偵の中には悪い人もいて、何か仕事を依頼すると後々たたられるって」

「俺がそんな悪人に見えるか」

朝生は凄《すご》んだ。

自分はそのような不誠実なことは絶対にしない。だが、探偵といっても質はそれぞれで、中にはろくでもない人間が存在していることも否めない。捜査資料を郵送することもあったから住所はごまかさなかったものの、偽名ぐらいは使いたいと思うのもわかる気はする。

——まぁ、確かに俺の第一印象はあまりよくない。

そのつもりはないのだが、目つきが悪いようだ。それで依頼人を萎縮《いしゅく》させることもある。弁護士の松本みたいに、にこにこはできないが、多少は反省もする。

「で、何のご用ですか」

むくりと布団の上に起き上がった梶山に切り返されて、朝生は軽くうなずいた。もともと大した用事があるわけではない。事件の犯人かどうか梶山の様子を見に寄ったものの、昨夜、人を刺すような事件を起こしていたらこんな気の抜けた態度を見せるとは思えない。

——それこそ、サイコパスでもないかぎり。

「いや、大した用事じゃねえんだけどな。アフターサービスって言うか、俺の調査の結果には満足いただけましたかっていう」

「そのわりには、起こしかたが乱暴ですね」

梶山は拍子抜けしたようだ。やはりどこにでもいる、五十代のおじさんとしか思えない。間をつなぐのに苦労しながら、朝生はどうでもいい世間話を続け、その態度のどこかに不審なものはないかどうか探っていくしかない。

——あれ？

そのとき、朝生はふと気づいて梶山の手首をつかんだ。利き手であるだろう右の中指と人差し指の第二関節のあたりに、絆創膏《ばんそうこう》が巻かれているのが見えたからだ。刃傷沙汰《にんしょうざた》を起こしたとき、興奮した犯人が刃物で自分の手を切るケースはよくある。傷跡はまだ新しく、絆創膏に血が滲《にじ》んでいた。

「てめえ、この傷はどうした？」

「ああ、これは、昨日釣りに出かけて」

「釣り？」

「イカを釣ったんですよ。さばいているときに、ちょっと切ってしまいまして」

「イカ」

思わぬことを言い出されて、朝生はポカンとした。

釣りに出かけたということは事実らしく、玄関に目を向けるとクーラーボックスと釣り竿が入っていると思われる縦長の荷物が放置されている。イカのことを思い出したのか、梶山はいそいそと立ち上がった。

「大漁でした。いっぱいあるので、持っていきます？　新鮮ですよ。船の中で軽く干したものですが」

イカは好物だったし、酒の肴《さかな》としても最高だったが、生ものを受け取ってしまうとこの後の行動に支障が出る。だが、イカの現物が本当にあるのかどうかは確かめておきたい。

梶山に付き合って冷蔵庫まで行こうとしたときに、朝生はその寝床で妙なものを見つけた。

――これは、……ゲイ雑誌？

いかにもなマッチョの裸体が表紙になっている。

――梶山はゲイだったのか？

だとしたら、よけいに女性を襲う理由がわからない。小原を巡って三角関係とかなのだろうか。

だが、この男への疑いは、だいたい晴れた。何より事件を起こした翌日に、こんな呑気《のんき》な雰囲気でいられるはずがない。この態度はシロだ。

そう判断した朝生は、冷蔵庫からイカの一夜干しが出されたのを見てアパートから出た。

梶山が通り魔に似ていると思ったのは、気のせいだったらしい。

――俺自身に後ろ暗いことがあるせいか。

梶山の依頼で、小原の住所を調べるときにやや強引な手を使っている。それが法に触れる可能性もあった。

それでも念のため事務所に戻ってから、犯罪データベースで梶山のフルネームを検索する。すると、あの人のよさそうな男がヒットしたことに驚いた。

――え？　同姓同名……じゃ、……ねえよな。年齢もだいたい一致してるし。窃盗《せっとう》の常習犯で、俺に依頼する少し前に、刑務所から出所したってところか。

直近で収監されたのは、強盗傷害だそうだ。ということは、人を傷つけた前科がある。

あらためて、朝生は椅子に座り直した。

——やっぱり、梶山はあやしいか。俺の勘も、全然あてにならねえな。

反省したが、今の時点でまだ梶山が犯人だという証拠は何もない。また近いうちに梶山の様子を見に行こうと思いながら、午後からは浮気調査の仕事に出かけた。

事務所に戻ってきたのは、夕方だ。

階段を上がってきたとき、二階の廊下で何か話し声がした。依頼人かと思って、朝生は足を速める。

だが、それは初見の依頼人などではなかった。年配の女性が、激しい勢いで松本に詰め寄っている。

——お？

朝生は面白そうな気配を察して、壁に身を隠した。これは修羅場《しゅらば》だ。いつもすまし返っていけ好かない松本の弱点をつかむチャンスかもしれない。

そう思って声だけが聞こえる位置から様子をうかがう。耳をそばだてる必要もなく、女性の甲高《かんだか》い声はキンキンと響いてきた。

「結婚するって言ったじゃない！」

——お！

その言葉に、朝生は思わず笑った。結婚話のもつれだろうか。いつもスマートに女性をあしらっているように見える松本が、こんなふうに辟易とした態度を見せているのはそれだけで楽しい。

松本はこちらに背を向けていたので、女性の姿は観察できた。

――わりと年上。五十代か、……六十代？　あいつ、かなり年上好み？

女性の糾弾《きゅうだん》の声は響き続けている。

「約束したじゃない！　あなたのために、結婚式場まで準備したのに」

――結婚式場！

そこまで聞くと、松本がひどい男としか思えない。だが、弱々しくあらがう松本の声も聞こえてくる。

「いや、俺は、……結婚とか、具体的な話はしてなかったと思うけど」

依頼人への普段の丁寧な口調とはまるで違う、どこか雑な言い方だ。その態度に、女性はさらに刺激されたらしい。

「具体的じゃなかったの？　あなた、二年前のお正月に約束したわよね。その年の内に結婚するって」

「昔は結婚しようって思ってたこともあったけど、……勝手に誤解したのはそっちだ。俺は一度も、結婚式場を準備してくれなんて言ったことはない。プロポーズもする前から、暴走しないでくれ」

「どういうことよ！　あなたのために！　結婚式場まで準備したって言ったじゃない！　いつでも！　式をあげられる準備ができているのよ？　連絡来るのを今か今かと待ち構え

ていたのに！　こちらから連絡しても！　ナシのつぶてで！」

　女性は興奮しきって、松本の顔をひっぱたき始める。その暴力的なところに、さすがに朝生も引いた。松本も多少は抵抗しろと思うのだが、女性が相手では手を上げられないらしい。おとなしく、殴られるがままになっている。

　傍観《ぼうかん》していた朝生だったが、だんだんとこれは無視できなくなってきた。

　――助ける？　助けてやる？

　騒ぎ立てている女性と松本に、朝生は歩み寄りながら声をかけてみた。

「何かお困り？」

　振り返ってすぐに反応したのは、松本だ。

　マズいところを見られた、というように表情を険しくして、犬を追い払うような調子で言ってくる。

「いいから、邪魔をするな」

　その態度に、ムッとした。

　依頼人には愛想がいいくせに、朝生には愛想のかけらも見せないのが悔しい。自分から松本に敵対的に接しているのだから、あたり前とも言えたが、とにかくいけ好かない男だ。

　せっかく助けてやろうと思っていたのに、その親切心を踏みにじられて途轍《とてつ》もなく頭にきた。だからこそ、ろくでもない助けかたをしてやりたくなる。

　そのためにはどんな手を使うべきか、朝生はすぐにひらめいた。

朝生はいつになくにこやかな作り笑顔を浮かべる。

「どうしたんだよ？　この美女、誰？　俺っていう相手がいるのに、他のオンナと浮気してたの？」

いかにも自分は松本とできてます、という親しげな態度を全開にして、挑発的に女性の顔をのぞきこむ。

この女性に、松本は他の相手ともできているのだと伝えればいい。

浮気している相手が女性だと判明した場合、火に油を注ぐことになるケースが多い。だが、男性だとわかった場合には、女性は毒気を抜かれる。それは、別れさせ屋をしている中で体験済みだ。

だからこそ、その手を使おうとした。だが、熟女はそれで引くことはなかった。

「あなたはすっこんでなさいよ！」

顔面がびりびりと痺《しび》れるような一喝《いっかつ》だ。

だが、一度介入したからには、朝生は半端なところで引けなくなった。

だからこそ、朝生は自分が松本の恋人なんだと意地になって証明したくなる。二人の間に割って入り、松本の腕を強引に抱えこんだ。

「そうはいかねえよ。俺のカレシだからな」

そんな朝生の態度に、松本は限りなく嫌な顔をした。普通の神経を持った人間なら、こんな顔を向けられただけで、かなりのダメージを受けることだろう。だが、朝生はもともとと松本のカノジョというわけでもないし、さほど繊細でもない。

「部屋戻れ。頼むから、関わってくるな」

うんざりとした声で松本に言われたが、朝生は平然と微笑むことができた。

「やだよ。俺の吉晃に女だなんて、納得できない。こっちだってこの女が何なのか、ハッキリさせてもらわないと」

朝生は根っからの女性好きで、男とは手を握ったり、キスをしたり、ましてやセックスをすることなど考えられない。生理的な嫌悪感があった。だが、それは深酔いしたときにキス魔になる悪癖があり、それが元で誤解された身近な男性から迫られることが重なったからだ。自業自得ではあったが、その気もない相手から妙な目で見られる嫌悪感は拭えるものではない。

だが、その生理的な嫌悪感を我慢してでも、松本に盛大な嫌がらせをしたい気持ちが膨れ上がっていた。どうしてこんなにも松本にムカつくのかわからなかったが、ムシの好かない相手なのだ。この絶好の嫌がらせの機会を逃す手はない。

どんな反応をされるかとワクワクしながら見守っていると、すぐそばにいた松本が大きなため息をつくのが聞こえてきた。いきなり、ぐいと腕が引き寄せられる。

「うぁ？」

その筋肉質の胸に抱き寄せられて、ぞくりと鳥肌が立った。これは今朝のキス再びだ。顔面が無防備になっていることに不意に気づいてぎゅっと目を閉じると、朝生の背に松本が腕を回して親密そうに抱き寄せてくる。

「そう。悪いけど、実はもうこいつと将来を誓ってて」

吐息がかかる距離まで顔を近づけられ、熱っぽく見つめられて、これは今朝の反撃だと気づいた。それでも、助けに入った行きがかり上、朝生は必死になって作り笑顔を保つしかない。

目の前の女性は松本が肯定《こうてい》したことで、初めて動揺したそぶりを見せた。

「嘘でしょ？　吉継《よしつぐ》に続いて、あんたまで」

――吉継？

いきなり出てきた名前が誰のことだか、朝生には理解できない。

だが、朝生の理解を無理して、話は進行していく。

松本は愛しげに朝生に頬ずりしながら、目の前の女性に告げたのだ。

「悪いけど、母さん。俺もそうなんだ。諦めてくれる？」

そこでようやく、朝生は自分の思い違いに気づいた。

目の前の女性は、松本の恋人ではなく母親だ。パッと見の印象はまるで違っていたが、気品のある目鼻立ちが、言われてみれば松本に似ていた。

まだまだ女性は若く見えて、母性よりも色香が勝って見えた。だからこそ、男女の揉《も》めごとだと誤解したのだ。だとしたら、あの会話は結婚をせがんでいたのではなく、結婚するのかしないのかと息子に問い質《ただ》していたというだけなのだろうか。

「母さん……？」

確認するようにこわごわと松本に聞くと、極上の笑みを返された。その造作のよさを最大に生かした笑みだったが、その目には氷のようなひややかさが宿っている。それを受け止めただけで、背筋にゾッと悪寒が走った。

「そう。これは俺の母さん。俺たちがどれだけ愛しあっているのか、母さんに知らせてあげないとね」

囁《ささや》かれながら、朝生の頬が松本の手に包みこまれた。

――ヤバい。

キスされそうな予感がしてならない。何せ松本の目は、最大限の嫌がらせを企《たくら》んでいると告げてきていた。自分をいじろうと近づいてきた朝生に、どれだけの仕返しができるのかと計算している、邪悪すぎる目だ。

だが、逃れようにも朝生の身体は壁際まで追いこまれていた。身体を逃すための退路を塞《ふさ》がれており、松本の唇が近づいてくるのを観念して待つしかない。

「……っ」

松本の唇の柔らかさを受け止めた途端、あらためてぞわぞわと鳥肌が立った。それでも懸命に我慢していればすぐに離れるだろうと踏んでいたのに、松本の唇はなかなか離れない。上唇や下唇に甘噛みを繰り返しながら、朝生の唇を開かせようとするかのように熱っぽくなぞってくる。

――てめえ……！

そのしつこい刺激に、朝生はパニックに陥《おちい》りながら脳内で叫んだ。松本のほうも男同士のキスなんて歓迎してはいないだろうに、どうして嫌がらせのためにここまでできるんだと混乱する。自分からこれを仕掛けたからには噛みつくのは勘弁してやろうと思っていたからこそ、その柔らかな感触を受け止めるしかなくて頭がボーッとしてきた。リードされるがままにいつしか唇を割られ、これはヤバいと思ったときには舌がからんでいた。

「……っふ、ぐ」

舌と舌とがからみあう性的な感覚に、信じられないほど甘ったるい痺れが下肢からわき上がる。そのことに狼狽してキスから逃れようとしたのだが、松本はそれを許さなかった。絶妙ないやらしさで朝生の舌を吸い上げ、からめてくる。その巧みさに、全身から力がくたくたと抜けていきそうになった。

――ヤバい。立っていられない。

自分ではキスにそれなりに修練を積んでいたつもりでいたが、松本が相手ではそれが児戯《じぎ》にすぎないのだと思い知らされる。何かにすがらずにはいられなくなるほど腰が甘ったるく痺れて、強烈な脱力感と目眩《めまい》が引き起こされる。酩酊《めいてい》したときにも似た感覚に包みこまれ、逃げ場も与えられることなく口腔《こうこう》内を好きなようにむさぼられてしまう。

「ツン、……っ」

小さく、自分の口から声が漏れた。こんなふうになすがままにキスされて、それから逃れられないなんて初めてだ。力ずくで押しのけようにも、非力な女性になったかのように力が出せない。舌がからむたびにぞくぞくと全身が痺れて、力が抜けるからだ。

──何だ、これ……。すご……い……。

それなりに経験してきたはずだ。だけど、ここまで魂《たましい》を奪われるようなキスは、今までしたことがない。

「ふ、……ふ……っ」

口腔内の粘膜と舌がこすれるだけでも気持ちがよく、松本の唾液が極上の甘露《かんろ》に感じられてならない。

松本のキスはますます深くなる。しつこいキスによって、松本が自分に怒りを覚えているのだと伝わってくる。これほどまでに技巧をこらすほど、この男は自分に嫌がらせをしたくてたまらないのだ。

だが、そんな思いとは裏腹に舌がからみ、唾液が交換されると、頭が真っ白になって朝生はキスに没入するしかない。

どれだけその強烈なキスが続いたのかわからない。ようやく唇が離れて、息も絶え絶えになった朝生は、壁にもたれて乱れきった呼吸を整える。身体が壁に沿って、少しだけずり落ちた。

そのことにハッとして、反射的に足に力をこめる。

目の端に映ったのは、階段のほうに遠ざかっていく女性の姿だった。

まだ唇や全身に甘ったるい疼《うず》きが残っている。毒気を抜かれきった朝生は、いつもの調子を取り戻そうと、唾液に濡れた唇の周りを拳《こぶし》で拭った。

「今の、……てめえの母さんだって？」

「そうだ」

よけいなことをして、失敗したのだと思い知った。

親というのは特別な存在で、自分の友人関係や、ましてや恋愛関係に介入されたくはないものだ。自分のせいで、松本の母親に取り返しのつかない誤解をさせてしまったのかもしれない。

この男に謝るのは癪《しゃく》だったが、それでも言わずにはいられなかった。

「さすがに、……悪かった」

ぶっきらぼうで、あまり謝意の感じられない声の響きだったかもしれない。

それでも、松本は表情を少しだけ緩めてくれた。

「まぁ、助けてくれようとした気持ちだけは買ってやる。母にはいずれ、カミングアウトしなければならないと思っていたからな」

「カミングアウト？」

朝生はあらためて松本を見た。全く気づかずにいたが、もしかして松本はそちらの趣味の男なのだろうか。

今のディープキスは、だからこそできたことなのか。あのビックリするような巧みさも。

「おまえ、……まさか？」

「気づかなかったか」

さらりと返されて、朝生は絶句した。

そういうのは最初に知らせておけよ、と思ったが、それは別に個人のプライバシーだし、今回の件では全面的に朝生が悪い。あの女性を恋人だと誤解した上に、嫌がらせのために介入した。自分から松本の恋人のように装ったのだから、あれくらいの報復をされても文句は言えない。

初めて店子《たなこ》として顔を合わせた日から、朝生の目に松本は苦労知らずのお坊ちゃんに見えていた。司法試験にストレートで合格して、数年他の事務所で修業したから、これから独立して自分の法律事務所を持ちたいのだと言っていた。

折り目正しく、にこやかでハンサムでスーツが似合って、誠実そうな笑顔が眩《まぶ》しい好青年だった。だからこそ喜んで店子としての契約を結んだというのに、そんな松本の態度は、事務所を開いて二日目に豹変した。

——俺の依頼人を奪おうとしやがった。

山手線の駅のホームから見えるところに、『ストーカー対策・相談』の大きな看板が出ている。それを見てやってくる客は少なくない。だからこそ、朝生の探偵事務所は広告費などに費用を割《さ》くことなく、定期的に依頼人を獲得できていたのだが、探偵の依頼の多くを占める浮気調査などの業務が深夜に及ぶことがよくあった。

そのせいもあって、朝生の探偵事務所が開くのはたいてい昼過ぎだ。それまでの時間に訪ねてきた多くの依頼人に対応しきれていないという自覚はあったものの、人を雇うほどの余裕はなく、その対策は取れずにきた。

その依頼人を上手に取りこんだのが松本だった。

二階の探偵事務所の看板の横に、松本は堂々と自分の法律事務所の看板を出した。その取り扱《あつか》い項目として『ストーカー対策』を、朝生の探偵事務所の文字よりも大きく、派手な色で表示している。

それを見て、依頼人はどちらに頼むべきか悩むようになった。

朝生が不在のときなら依頼人を奪われても仕方がないとも言えたが、いつでも不在というわけではない。仕事が切れたときなど、事務所でじっと依頼人を待っていることもあるのだ。

そんなとき、二つの看板を前に悩んでいる客の気配を素早く察して、にこやかに事務所に引きこむのが松本だった。

朝生も出遅れたのに気づいて何度も抗議をしたが、粗暴でコワモテに見える朝生は端整なスーツ姿で人当たりのいい松本に対抗しきれない。ストーカーに悩んで訪れるのは、その多くが女性だからなおさらだ。

そんなことが重なったことで、朝生は松本を目の敵《かたき》にするようになっていた。何せ収入に直結した恨《うら》みだ。

松本が穏やかで誠実そうに見えるのは客の前で猫をかぶっているときだけで、実際にはかなりしたたかで、譲《ゆず》らないところは譲らないし、法律を盾にしてむしろ朝生を脅迫《きょうはく》することもあるほどなのだ。

――そんなムカつく男と、キスしてしまった俺。

そのことに動揺しながら、朝生は足音荒く自分の事務所に戻った。

だけど、松本としたキスは今までに経験したどんなキスよりも甘かった。あんなにも魂が奪われるようなキスは初めてだ。うますぎたのは、ゲイだからなのだろうか。それとも、相性とかそういうものか。

うっかりするとそのキスを反芻《はんすう》してしまいそうになる自分の頭を、朝生は両手でバンと叩いた。

――違う違う。俺は、女の子が大好き。

だが、またすぐにキスされていたときに密着した身体の感触が思い出され、ひどくモヤモヤしてくる。女性とは全く違うごつごつとした筋肉の硬さや骨っぽさだ。それにすっぽりと包みこまれる安堵《あんど》感ときたらない。キスされているときに女性が受け止める感触というのは、ああいうものなのだろうか。

またキスのことを思い出している自分に気づいて、朝生はまたバンバンと頭を両手で叩いた。

あんなキスのことなど、早く忘れてしまったほうがいい。松本にとってもあれは、自分に対する嫌がらせでしかないはずだ。

このところずっと忙しくて、女性関係はご無沙汰《ぶさた》だった。そのことに、朝生はようやく気づく。だからこそ、あんなキスごときで動揺するのだ。

――口直しをしよう。前の案件のときに知り合ったコに、『連絡して』ってメモもらってたよな。あれ、探そう。

朝生はそれなりにモテはする。困った境遇《きょうぐう》にいる相手を放っておけず、よけいなお節介を焼いてしまうところがあるからだろう。水商売系の女性から好かれるのだ。

――本気で恋はできないんだけど。

かつて本気で恋をした相手に、手ひどく振られた。利用されていただけなのに気づかなかった。そんな過去があったから、純粋に恋に踏みこめない。遊ぶのは、身体だけの関係だと割り切っている相手だけだ。

それでも人恋しさがあって、朝生はメモを探し始めた。


だが、そんなふうに女性と遊びまくっていたことが、朝生に思わぬ厄災《やくさい》を招き寄せた。

以前から朝生には、恋愛感情をこじらせた女性のストーカーがいる。心晴《こはる》というその女性は、もともと朝生の依頼人だった。彼女には長いこと付き合ってきた恋人がいたのだが、別の結婚話が持ち上がったのでその古い恋人と別れさせて欲しい、というのが当初の依頼の内容だった。

新しい結婚話は、とても条件がいいらしい。だからこそ、古い貧乏な恋人は必要なくなったそうだ。

——それって、どうなんだよ？

彼女の倫理観について、朝生は心の中で思うことがあったものの、古い恋人への気持ちが冷めているのなら仕方がない。別れさせ屋のようなことをして綺麗《きれい》に別れさせてやったつもりだったが、その仕事の過程でなりゆき上、心情を慰めたり、相談に乗ってやったことで惚れられたらしい。

だが、朝生は彼女と付き合うつもりはないと、ハッキリと告げたはずだ。新しい結婚話のほうに集中してください、と。

それでも魅力的な容姿を持ち、男を振り回してきた心情は、断られたことでむしろ恋愛感情を燃え上がらせたらしい。

諦めないどころか朝生につきまとい、だんだんとストーカー化していった。

実害がないうちなら、好きにさせるという手もある。気分的に落ち着かなくはあるのだが、ひたすら無視していれば、相手の気持ちはだんだんと冷めていく。

そうするつもりだったが、さすがに実害が出てきた。浮気の張りこみなどでホテル街などにいると、何やら妙に誤解して騒ぎ立てるようになったのだ。それで尾行が失敗することが重なり、対処が必要になった。

だがそれもことごとく失敗して、たまたま松本と出会ったのをいいことに、べたべたいちゃつく姿を心晴に見せつけようとしたこともあった。

——いなかったけど。

結局、見せつけ作戦は失敗した。

新たな対策を考えなければならない。

「うーん」

低くうなりながら事務所への廊下を歩いていると、その気配に気づいたのか、すぐそばのドアが開いた。

朝生と松本の両方とも、依頼がなくて暇なときには、廊下の気配に敏感になる。ここでため息をついたり、躊躇《ちゅうちょ》していたりするような気配にいちはやく気づいて事務所に引きこむことが、仕事に直結する。

おそらく松本も廊下で悩む人の気配に気づいて、ドアを開けたのだろう。だが、そこにいるのが朝生だと気づくなり満面に浮かべていた笑みをすうっと引っこめた。見事なほどの無表情になったが、おざなりに一応、声はかけてくる。

「困りごとがあるのなら、礼金次第で法律相談に乗るぞ」

「誰がてめえの手なんて借りるかよ」

さっさと言い返しながらも、心底困惑《こんわく》してもいた。心晴の件では考えられるかぎりの手を打ったのだ。なのに、それに効果がない。すでにかなり行き詰まっている。

松本の端整な姿が目についた。この男はゲイだそうだが、おそらくその外見と人当たりの柔らかさで女性にはモテるはずだ。女性の心理にも詳しそうだから、こんなときのとっておきの方法を知っているのではないだろうか。

――しかも、こいつはいわば同業者だ。ストーカー対策の法律相談に乗ってるぐらいだから、それなりの方法論も確立しているはずだよな。

だが、この男の世話になるのは業腹だった。

「法律相談じゃねえから金払わねえけど、コーヒーを飲みながら世間話ぐらいはしてやってもいいぞ」

ダメ元で持ちかけてみる。

「ん？」

「それ以上は払うつもりはねえから」

おまえの相談料などそれくらいの価値だ、と突きつけると、松本は軽くあごに指をあてて考えこんだ。そんなポーズがいちいち気障《きざ》で、しかも格好いいのが腹が立つ。断られそうな気配を察したから、それを聞く前にさっさと自分の事務所に戻ろうとすると、意外な返事があった。

「そっちの事務所のコーヒーは泥水だと聞いたから、うちのコーヒーを飲ませてやるよ」

「へ？」

事態を把握できずにいるうちに、事務所のドアが大きく開け放たれた。これは、中に入れという合図だろうか。

廊下でケンカ腰に話をすることはあったものの、事務所に誘われたことはまずない。落ち着かなかったが、朝生はおそるおそるその事務所に踏みこんでみる。

同じビルの似たような構造の事務所のはずなのに、松本の部屋は朝生の探偵事務所とは別もののように綺麗だった。

古ぼけたフローリングの床は、磨きこまれてチリ一つ落ちていない。

応接セットのテーブルも椅子もレトロ調でセンスがよく、窓から下がった木製のパーティションも古ぼけた窓枠と相まって、なかなかいい感じだ。

——何だここ。

居心地がよさそうな、落ち着いた事務所に思えた。

住む人のセンスで、同じビルの一室でもここまで違うものかと朝生は驚く。朝生の探偵事務所は、祖父から引き継いだ机や本棚にファイルが雑然と積み上がっている。ひどく古い感じしかないのだが、松本だったらその年季の入った家具でも上手にインテリアとして生かすだろうか。

そんなふうに思うほど、垢《あか》抜けている。

——何かよさげな雰囲気だな。

ソファにどっかりと座ってあたりを見回していると、しばらくして朝生の前にコーヒーが置かれた。

「ブラックでいい？」

客用の品らしく、陶器の洒落《しゃれ》たソーサーとカップだ。

「ああ」

うなずきながら、確かにこれでは客を取られるのも当然だと朝生は少しだけ反省した。茶も出さない自分の事務所の対応は、本当にろくでもない。だが、仕事面では話は別だ。法律事務所のぬるさなどではどうにもならないような困りごとや荒事でも、自分に依頼してくれたら解決できる。

「うちのコーヒーが泥水って、誰に聞いたんだよ？」

朝生の質問を松本は見事に黙殺した。

「で、何に困ってるんだ？」

向かいに腰掛けて、松本は長い足をスマートに組む。どんなふうに手足を配置させても、絵になるハンサムだ。

――それに、わりと筋肉ある……。

優男《やさおとこ》に見えたが、密かに鍛《きた》えているのかもしれない。だからこそ、スーツがよく似合う。そんなことを観察しながら、朝生はコーヒーカップを口に運ぶ松本につられて、自分もコーヒーに口をつけた。とてもいい匂いがする。

「恋愛相談」

途端に、ブッ、と向かいからコーヒーを吹いたような音がした。顔を上げると、松本が慌《あわ》てて口元を拭っているところだった。

にらみつけると、松本はカップを置いて気障に指と指を組み合わせる。

「ああ、失礼。おまえが恋愛相談などと真面目な顔で言ったから、吹いちゃって」

「悪かったな」

「おまえ本人の件じゃなくて、依頼人の件だよな？」

「それ以外に、何があるんだよ！」

凄みながら朝生は、今回のストーカーの件について手短に話した。心晴にどう対処したら、すっぱり諦めてくれるのだろうか。

困ったときには人に話すことで問題点が整理されて、いい考えが浮かぶことも知っていた。

松本は質問をさし挟みつつ聞いていたが、説明し終わると深くうなずいた。

「そういう対策は、おまえのほうが得意だろ？　彼女とデートして、思いきり幻滅させてやればいい。賭博《とばく》で巨額の金をすってるとか、借金を負ってるとか、人前でストリップする癖があるとか、他の女と二股かけてるとか、とにかくげんなりさせるようなネタを」

ありきたりな提案をされて、朝生は鼻で笑った。

「俺は別れさせ屋の仕事もしてんだよ。そんなのは、全部試した。女性が引くような小汚い店に飲みに連れてってもみたし、博打《ばくち》で金をすって極貧どころかヤクザに追いこまれているところも演出で見せてやった。人前でストリップどころか、それ以上に恥ずかしい姿をしているのを見せたこともある」

「それ以上に恥ずかしい姿？」

「泥酔して、ゲロ吐いて、いろんなところから垂れ流しになってたとこだな。まぁ、これはわざとじゃなくって、単に飲みすぎただけだけど」

「最悪だな」

げんなりとした顔をされて、これだから法律家は困る、とばかりに、朝生はソファでふんぞり返った。

「女に幻滅されるなんて、俺は慣れてんだよ。金を節約したり、セコい姿見せるだけでたいていは離れていくからな。だけど彼女はお嬢様育ちで、箱入りだ。こっちが借金持ちだと知ったところで、ヒロイン気分で『自分が支えてやらなきゃ』と思っただけだったし、他の女と付き合っているところを見せたところで、悲劇のヒロイン気分を煽《あお》られるだけだった。片っ端から思いつく手は試したものの、どれもうまくいかねえよ。正直、手詰まりだ」

「ああ。そういや、先日のアレも、彼女がらみか」

松本は納得したようにうなずく。この男は勘がいい。心晴に見せつけるつもりで、カフェの袋を持って朝からべたべたした理由にすぐに思い当たったらしい。

「たりめえだ。そうじゃなければ俺が、男とからむはずがない。だけど試した中で彼女の反応が確かめられなかったのは、それくらいだ」

「だったら、おまえの恋人役をやってやってもいいぞ、有料で」

松本は軽く頬杖を突いて、人の悪い笑みを向けてきた。

松本は、朝生の嫌がることをよく知っている。

この男がこんなことを言い出すのは単なる嫌がらせにすぎないのだとよくわかっていたから、朝生は思いきり嫌な顔をしてみせた。

「――その役が必要なんだとしても、誰がてめえなんかに頼むかよ」

時間の無駄だ。こんな男に相談しても、ろくな結果はもたらされない。


「――ああ、すまないが、時間になったので、この話はこれで」

朝生と話しているうちに、松本は仕事の約束の時間になったことに気づいた。話しただけで気が済んだのか、朝生はうなずいて、あっさりと事務所から出ていく。

松本は使ったカップとソーサーを洗ってから、事務所から出た。

これから、国選弁護人の仕事だ。

刑事事件では被害者の権利として弁護士が必要になるが、貧困やその他の理由で私選弁護人をつけることができない場合などは、国費で国選弁護人がつく。

国選弁護人がつくのは原則として起訴後となるが、松本は時間があるときには逮捕を知らされたときから弁護活動を開始することにしていた。すぐさま接見に赴くことで、警察による違法な取り調べを防ぐことができるし、被疑者との信頼関係を築くこともできる。

事前にどんな事件なのか、概略《がいりゃく》を入手していた。移動中に、弁護士会から来た資料に目を通していく。

被疑者は銃刀法違反で、今朝方捕まったそうだ。仲間とつるんで、誰かを襲おうとしたらしい。通行人がケンカだと交番に知らせて、警察官が駆けつけたときに、車が急発進した。この被疑者だけが路上にとり残された。

拳銃を持っていたことから、被疑者は銃刀法違反でその場で逮捕された。現場には血だまりが残されており、この被疑者と車に乗って逃走した共犯者とで誰かを拉致《らち》したのではないかという疑いがかけられている。だが、被疑者は黙秘を貫いているという。

被疑者が持っていた拳銃には、発射の痕跡はないそうだ。現場に残った血だまりの跡から、連れ去られた誰かが大けがをしていることも予想される。被害者がいるのだったら、その行方を早々に突き止めないと命に関わる可能性がある。

そんな事件だ。

警察に駆けつけるなり、早く被疑者の口を割らせて欲しいと刑事から重ねて言われた。被害者の行方を知りたい気持ちは、松本も一緒だ。

だが、あくまでも松本は被疑者側の弁護士だった。被疑者の利益を第一に考える。それでも、大量に出血をした被害者が死んでしまったら、被疑者の容疑は殺人になるのだから、そのことを説明して早々に口を割ってもらってケガ人を保護するのが最良の方法だと思われた。

それを念頭に置いて親身になって接見していると、それが伝わったのか、被疑者はぽつりぽつりと口を開き始めた。がっしりとした身体をした、中年の労務者風の男だ。

「その、昨日、……一緒にいたのは、……梶山利史ってやつでして」

「うん？　どんな字？　あなたとは、どんな関係ですか」

ようやく男が話し始めてくれたことに、松本はホッとする。弁護士相手に隠したほうがいいことなど一つもない。正直に話してくれたら、彼がどんな罪を犯したとしても、松本はその罪が正当にさばかれるように尽力する。

「梶山はよくいく定食屋で顔を合わせる男で、瓶ビールとかいつもご馳走《ちそう》してくれたので、何かと話すようになって」

梶山はじきにこの男の自宅アパートに酒を持って押しかけるようになり、秘密の話をするようになったそうだ。それによると、かつてとある男と組んで、何らかの犯罪を行った。だがその共犯者は、梶山に約束していた分け前を与えず、行方をくらましてしまった。それどころか、梶山のかつての罪を警察に密告して、刑務所にまでぶちこんだのだという。

梶山は刑期を終えて出てきたばかりだが、ようやくその共犯者の行方が突き止められたので、ちょっと手荒な交渉をしたい。ついては兄さんは強そうだから、十万で手伝ってくれないだろうか。そう口説かれたそうだ。

「で、十万で手伝ったと？」

松本は被疑者を見る。彼は最近仕事が減って、金に困っていたそうだ。だからこそ十万の金に目が眩《くら》んで引き受け、脅《おど》すだけだからと銃も渡されて、その気になったそうだ。

「なるほど」

正直に言ってもらったことに感謝する。

多少の罪に問われることは免《まぬか》れないが、初犯だから執行猶予がつきそうでもある。念のため、いくつか確認もした。

「ええと、まずあなたは、梶山のかつての犯罪というものには関わっておらず、その内容についても知らないということでよろしいですか」

「はい。梶山は普段はおとなしくて、にこにこしてて穏やかでした。だからこそ、あんなことをするとは思ってなかったんです。ナイフで刺すなんて。ビックリしました」

身体は大きくてがっしりとしているが、被疑者はキモの小さい男らしい。そのときのことを思い出したのか、震え始める。

その男から松本はさらに詳しい状況を聞き取っていく。この男と梶山は犯行のために被害者が住む一軒家を訪ねたそうだが、留守だった。戻ってくるまで待っていたが、途中で空腹を覚えてこの男がコンビニに行ったときに、事件は発生したらしい。

戻ってきたときにはすでに被害者は刺されて、梶山のバンに押しこまれているところだった。わけがわからないままそれを手伝っていると、警察官がやってきたのでバンは急発進し、この男は路上にとり残されて逮捕された、という流れのようだ。

路上の血だまりは被害者のもので、刺された場所は腕だというので、松本は少しホッとした。その部分なら、手当さえそれなりにされていれば、死亡のリスクはそう高くはなさそうだ。

だが、男の話を聞いていて、松本は何か引っかかるものを感じた。

――この住所……。

記憶を探っていった松本は、ふと気づいた。

――そうだ、あの事件の……。

数日前に朝生が朝のニュースで知って、顔色を変えていた事件が発生したのが、このすぐ近くではなかっただろうか。

面会を切り上げ、特に被害者のケガの状況について、刑事に可能なかぎりの情報提供をする。切られたのは腕だと話すと、ホッとした顔をしていた。現場検証も進んでいるようで、出血はとんでもない量に見えたものの、命には別状のない量だそうだ。あとは感染症などを予防できれば、命は助かる見こみが多いにあるらしい。

その話をした後で、松本は気になっていることを聞いた。

「この事件の三日前に、付近で通り魔のような事件が起きてたんですけど、それとの関連性は……」

「まだ何もわかりません。今のところ、別々の事件として考えています」

犯人の手がかりもなく、そちらに関しては進展もないらしい。

次に接見に来る日程を確認してから、松本は警察署から出た。

――にしても、被害者が早く見つかればいいが。

被疑者の了承を得て、梶山という男について刑事に伝えている。だけどわかっているのは、その名字と風体だけだ。住まいも電話番号もわからない。梶山は変わった男で、今時携帯電話も持っていないし、家に電話もないと言っていたそうだ。

出会った定食屋の付近に住んでいるのだろうから、その付近で徹底的に聞きこむしか方法はなさそうだ。

だが、気になるのはあの事件の件だった。そのニュースに顔色を変えた朝生のことがどうしても引っかかっている。

――事件の犯人に情報提供をしたら、探偵も罪になるのかと、尋ねてきたよな……。

朝生はやはり、何か知っているのではないだろうか。梶山や今回の被疑者との関連は何もないのだろうか。そう思うと、知っていることを聞き出しておかずにはいられなくなってくる。

夕食時だったので、途中で店を見つけて大きなピザを買い、それを持って朝生の事務所を訪ねることにした。お土産なしでは追い出されそうだが、これを持っていけば食べる間ぐらいは話をしてくれるだろう。だんだんと、あの粗暴な男の扱いかたもわかってはきている。

——だけど、……何で俺がこんなお節介を。

行っても、嫌な顔をされるだけだ。そのことはわかっている。なのによけいなことをしてしまうのは、自分のこの事件とも関係がありそうな気がするからだ。

——二件の事件が、関係してないとは言いきれないからな。

自分にそう言い聞かせてからビルの階段を上がり、朝生の事務所のドアをノックする。おうかがいを立てたら断られそうな気がしたので、返事がある前にドアを開き、依頼人がいないことだけ確認してから、勝手に入りこんだ。

「ピザ持ってきてやったぞ。食え」

応接用の合皮のソファにどっかりと腰掛け、その前のテーブルにピザの箱を乗せる。

「何だてめえ」

何やら書類を広げて調べ物をしていたらしい朝生は松本をにらみつけたが、蓋《ふた》を開けてピザを見せると、物騒だった顔つきが和《やわ》らいだ。じわりと嬉しさが滲むような顔になるのが、不覚にも松本の目に可愛く映る。

「食っていいの？」

「ああ」

「ビール提供するな」

返事をする前に朝生は立冷蔵庫から缶ビールを二つ運んできた。松本の向かいのソファに座る。二人ともこれで仕事終了とはいかないはずだが、好きなタイミングで酒を飲んでいいのも自営業の強みだ。

缶ビールで乾杯して、松本もピザを口に運ぶ。

「おまえさ。ちゃんと野菜食べてる？」

そんなことが気になった。

食に無頓着そうなこの男は、ジャンクフード以外のものを食べているのだろうか。

「てめえは俺の母親かよ」

うんざりとした口調で言われる。

「面倒だから、あんまり食べねえ」

「どうなんだ？」

「ピザは好き？」

「好きだけど、高いからな」

高いと言っても、二千円ぐらいの品だ。

朝生の返事を聞きながら、どうしてこの男が節約する必要があるのか不思議に思った。

――少なくとも、このビルの家賃は全部入るわけだろ？　今は全室埋まってる。大幅修繕とか入る予定なのか？

ビル関係の費用は莫大《ばくだい》だ。そのための積み立てを考えたら、節約もありだとは思える。

そこのことはひとまず置いておくことにして、松本は世間話のふりをしながら、おもむろに今日、国選弁護人として関わった事件について、部外者に話せる範囲で語り始めた。

他人事のように聞いていた朝生だったが、梶山という名前を出した途端、肩がぴくりと反応したのがわかる。さりげなさを装ってはいたが、それからは一言一句《いちごんいっく》聞き逃さないようにして、こちらに注意を向けている。

それを感じ取ったからこそ、松本はざっと話し終えた後で突っこまずにはいられなかった。

「この事件と、……先日、おまえが反応していた通り魔らしき事件が起きたのはすごく近所だ。おまえ、もしかして、梶山の件に関して、知ってることがあるんじゃないのか？」

「は！　まさか！」

朝生は即座に否定したが、やはりその返事は早すぎるし、口調が強すぎる。それだけで納得できるものでもない。

松本は朝生のほうに少し乗り出して、口説くように続けた。

「刺された男はだいぶ出血してて、現場には血だまりができてた。その写真を見せてもらったんだが、もしかしたら命に関わる重傷かもしれない。もう一度聞く。おまえ、本当に梶山を知らないのか？」

松本はじっと朝生を見た。

その表情に嘘がないか、見定めるつもりだった。この男はしたたかだが、ポーカーフェイスがあまり上手ではない。普通の人間なら多少は騙《だま》せるだろうが、松本はこのあたりの見定めは得意だ。

朝生の硬い表情はあまり変化しなかったが、気まずそうにしているのがわかった。

まだ松本に心を開くわけにはいかないのだろう。

諦めて松本は、ため息をついて立ち上がった。

「出頭しろ。付き合ってやる」

「何でだよ！」

憤《いきどお》りとともに朝生は言ったが、松本にとって理由は明白だ。

朝生はどこかあやしい。犯罪に関わっているのだとしたら、ややこしい事態にならないうちに早めに自首したほうがいい。警察は甘くない。じきに嗅《か》ぎつけられる。

「おまえ、何か知ってるだろ。探偵業として多少関わったぐらいなら、ややこしいことにならないうちに洗いざらい警察にぶちまけたほうがいい。俺が口添えしてやる」

「だから、俺は関係ないって言ってんだろ！　何で俺のことをそんなにも疑うんだよ！」

「疑われそうな態度を取るからだ」

朝生が落ち着かずにいるのは、その様子を観察していればわかる。

「着替えをまとめろ。現金も十万ぐらいは持ったほうがいいな。自前で特製弁当やおやつも買える。準備ができたら、一緒に行こう」

「行かねえよ！」

朝生は思いきり断ってから、おもむろに上着と財布を持って立ち上がる。

「警察行くのか？」

「だから、行かねえって言ってんだろ。別のところだ」

それを松本が追わないはずはなかった。


「で？　何でてめえがついてくるんだよ？」

朝生は低い声で吐き捨てる。

だが、こうなることはわかりきっていたはずだ。

向かっているのは松本推奨の警察署ではなく、梶山の住むアパートだった。事件が報道された三日前にも行っている。そのときの事件だけではなく、梶山が再び誰かを襲って誘拐したかもしれない事件が起きたと聞けば、また会いに行かずにはいられない。

刺された被害者が連れこまれている可能性もあった。

だが、これにあまり意味があるとは思えなかった。朝生が知っている梶山の住まいは、ボロアパートの二階だ。あのように周囲に物音が筒抜けのところに、大けがを負った被害者が担ぎこまれたら、同じアパートの住民も気づくはずだ。

それでも念のため見に行かずにはいられなかったし、留守だとしてもそのアパートを家捜したら、その事件に関連した手がかりがつかめるのではないだろうか。

ピザを食べ終わって朝生がビルから出たときから、松本もついてきた。路上でいちはやくタクシーを止め、地下鉄の駅に向かおうとした朝生に呼びかけてきたのだ。

「俺は今から梶山たちが知り合ったという定食屋がある江戸川区《えどがわ》のとある交差点に行くんだが、おまえも同じ方向だったら乗っていくか？」

松本と別に動くつもりだったら、あの時点で振り切っておくべきだった。梶山のアパートもその定食屋の近くのはずだ。そこは二人の事務所から直線距離ではさして遠くはなかったが、地下鉄や電車をこまめに乗り継いで、さらに駅からだいぶ歩くところにある。それを考えたら、タクシーのほうがずっと速い。

――しかも、……人を刺したかもしれない相手だから、……一人じゃちょっと心細かったんだ。

スーツをビシッと着こなしたエリートくさい松本がどれだけ荒事で役に立つのかわからなかったが、それでも朝生が刺されたら救急車を呼ぶくらいのことはしてくれるだろう。

そう思って一緒にタクシーに乗りこんだのだったが、当然のように下車してからもついてくる松本を見ると、追い払うように言わずにはいられない。

「ついてくんな」

「たまたま、こっちに歩きたくなっただけだ」

「へえ？」

「公道だぜ」

松本を振り切れないまま梶山の住むアパートにたどり着き、朝生は一瞬で鍵を開けて室内に踏みこむ。

梶山はいなかったし、警察もこの住まいを割り出して家捜ししたりはしていないようだ。

朝生はまず灯《あか》りが外に漏れないようにカーテンを閉めてから、松本に言った。

「探すぞ。静かにな」

手持ちの小さな懐中電灯で、部屋のあちらこちらを探っていく。松本も持参した懐中電灯を手元で点灯させた。

だが、数ヶ月前に出所したばかりの梶山の私物は、極端に少なかった。押し入れをあけても、あるのは布団と段ボール一箱ぐらいだ。

「何だここ」

つぶやいた松本に、朝生は説明してやった。

「梶山はムショ上がりだ。刑期が三年とちょっとだったから、以前の荷物は全部処分したんだろ」

「どんな事件を起こしてたんだ？」

「調べてねえのか？」

「接見を済ませてすぐ、おまえの事務所に直行したからな」

「梶山は窃盗の常習犯だ。何度も逮捕されてきたが、直近のは傷害も加わって、だいぶ長い」

「人を刺したことがあるってことか。だけど、ムショから出てわりとすぐに、誰かを襲って誘拐するなんていう事件を起こすってことは」

　そう言われて、朝生はうなずいた。

「事件を起こしたのは、ムショに入れられる前のからみだろうな」

　喋りながらも家捜しを続けていた朝生は、服にまぎれていた薄いファイルを見つけ出した。

　そこには、三年八ヶ月前に起きた事件の新聞記事のコピーが収められている。今ではこのような記事はインターネット経由で入手できるのだが、梶山はパソコンを持っていなかったし、その操作にも不慣れだったらしい。律儀に図書館などで縮小版を探して、コピーしたものらしい。

　その見出しを見た途端、朝生はぞくっと震えた。思わず薄く笑って、松本に話しかける。

「覚えてるか。三年八ヶ月前の、二億円強奪事件」

　朝生自身もかなり記憶は薄れていたから、新聞記事があって助かった。記事は最初の一枚だけではなく、全部がそれに関するものだ。

　読みながら、朝生は当時の記憶を呼び覚ます。

「とある全国的な警備会社の上野《うえの》支部に、日中、二人組の男が押しこみ、警備の男を縛って金庫の暗証番号を聞き出し、そこにあった現金約二億円を盗んだんだったな。その金は現金輸送警備として銀行から受け入れて、各銀行支店に配送する目的で保管されていたもの」

「もしかして、……その事件が何か関係しているのか？」

「梶山が出所した後、わざわざその事件について記事を探し出して、コピーして、大切に保管してたんだよ。関わりがねえと思うか？　しかも、この事件はあいつが逮捕される数日前に起きてる。逮捕されてたからこそ、梶山はこの事件がどのように報じられ、捜査がどのように進展したのかも知らねえんじゃないかな。――まだ、二億円強奪事件の犯人は捕まってねえし、その金も発見されていないはずだけど、梶山はこの事件に大きな関心を持ってる」

かつて自分の探偵事務所にやってきた梶山の態度を思い起こした。

こうなったからには、松本にある程度の事情を伝えてもいいと思えた。

「釈放されてすぐ、梶山は俺に、かつての恩人を見つけて欲しいと依頼してきたんだ。とても世話になったので、礼をしたいのだと。にこにこした笑顔でごまかされたが、あいつはサイコパスだな。人がよさそうに見えるが、平気で他人にナイフを突き刺す」

「お礼はお礼でも、それはお礼参りのお礼ってことなのか？　この流れだと、その恩人というのは、かつて梶山と一緒に二億円を強奪した共犯者」

「もしかして、そいつが金を独占しようとして、梶山を密告してムショに叩きこんだってことか？　犯罪者同士なら相手がどんな犯罪を犯したのか、互いに知ってる。証拠があれば、密告して梶山をムショにぶちこむのも簡単だ」

この事件の裏が見えてきた気がして、朝生はごくりと息を呑《の》んだ。

——二億円か。

かつては、世間を大きく騒がせた事件だ。手口はずさんだったが、犯人にとって幸福な偶然がいくつか重なり、たまたまうまくいってしまった事件だった記憶がある。証拠もいろいろ残っていたようだが、いまだに警察は犯人にたどり着いてはいない。

——その犯人が、……梶山とあのおっさん……？

朝生はその二人とも顔を見たことがある。犯罪者とは思えないほど、普通の中年男だった。

「おまえは、あの事件の犯人が映った監視カメラの映像を見て、梶山に似てると思ったんだよな？」

「そう思って梶山に会いに行ったけど、呑気に眠ってたから犯人とは思えなかった。けど今は、だいぶ臭いとは思ってる」

「あの犯人が梶山だとしたら、どうしてあそこで女性を刺したんだと思う？」

松本に尋ねられて、朝生は軽く肩をすくめた。

「わかんねえけど。あの事件を梶山が起こしたとしたら、人違いとしか思えねえな。一回目はテンパって失敗したから、今回はその教訓で仲間を連れていったとか」

「薄暗い夜道で間違えたってことか？」

「かもな」

「おまえが妙な態度だったから気になって、事件の被害者の写真を手に入れたんだが、小太りで髪も短く、中年男にも見える風体だった。薄暗かったら間違えるかな」

「梶山は自分をムショに叩きこんだ二億円強奪事件の共犯者をシメようとしたんだが、一回目は人違いで失敗して、二回目にようやく拉致に成功したってことか。つまりは、身内の仲間割れ」

だとしても重傷を負った被害者の行方が気になるが、潜伏《せんぷく》先がわかるような手がかりは何もない。室内をさらに探るが、物は少なかったから調べられるものはすぐに調べつくした。

そのとき、スマートフォンに視線を落として何やら検索していた松本が思わぬことを言いだした。

「なんと、この二億円事件には、現在一千万の報奨金が出ている」

「え？」

朝生はごくりと生唾《なまつば》を飲んだ。

報奨金という制度はあるのは知っていたものの、警察はそのようなものに公金を出したがらない。金が出る場合は、そのほとんどが被害に遭《あ》った家族や企業が事件解決のために捻出《ねんしゅつ》するものだ。

「警察が金出すわけじゃねえよな？」

そんなふうにつぶやくと、松本がうなずいた。

「一千万の出所は、被害に遭った警備会社だ。前に何かで見た記憶があったんだが、やはりそうだ。見ろ」

見せられたスマートフォンの画面に、朝生は惹《ひ》きつけられた。

確かに、一千万とある。もしかして自分は、これを入手できるまたとないチャンスをつかんでいるのではないだろうか。

もしかしたらこの犯人を、二人とも知っているのかもしれない。だが、ただ「あやしい」とだけ通報したぐらいでは報奨金はもらえず、もらえるのは犯人の逮捕につながる重要な手がかりを提供したときに限られる。

――だとしたら、梶山とその共犯者らしき男、つまり俺が梶山に依頼されて現住所を調べ上げた小原を発見して、この二人が事件解決に関与したという動かぬ証拠を見つけたら、……濡れ手に粟《あわ》の一千万が入手できるのか？

そんなふうに考えていると、呆れたように松本が言ってきた。

「急に目の色が変わったな」

「そりゃあ、……一千万だぜ。一千万という額面にはなってても、払うのは警備会社だとしても何かと難癖《なんくせ》をつけて警察が一千万丸ごとくれたりするのは滅多《めった》にねえって、俺が誰よりわかっているけどな。だからこそ、ケチのつけようのない完璧な証拠揃えて、一千万丸ごともらいたい」

「ただし、おまえは大切なことを忘れている」

水を差されて、朝生はその相手をにらみつけた。

「何だ？」

尋ねると、松本はこの上なく嬉しそうに笑った。この男は朝生に意地悪をするとき、こんな顔をすることがわかっている。だからこそ、極上の笑みを向けられても嫌な予感しかしない。

「おまえに大事なことを教えといてやる。報奨金は情報の提供にあたり、法令に抵触する手段――つまりは、強盗。脅迫、窃盗などのことだ。その他、公序良俗《こうじょりょうぞく》に反する手段があった場合には、支給されない」

――強盗、脅迫、窃盗……？

朝生はピンとこずに、ただにこやかに笑ってみせた。

「松本弁護士は、いつでも俺がＴＰＯをわきまえず、乱暴なだけの手段を選ぶと考えていらっしゃるわけですか？」

嫌みをたっぷりこめて言い返すと、当然だというようにうなずかれた。

「たとえばここに侵入した手段に、家宅侵入の可能性がある」

「一緒に入りこんでおいて、ぐだぐだ言うんじゃねえよ。鍵はもともと開いていたし、中から助けを求めるような声が聞こえたから気になって上がりこんだだけだ」

「おまえね。鍵を開けた現場を見てる俺に、そんなこと言う？」

　心底呆れたとばかりに、松本はつぶやいた。

「そんな言いがかりなど、俺は知らねえ。鍵はもとから開いてた。俺はどこに出ても、そう言い張ってやるぜ」

　だが、それくらいで松本は追及の手を緩めるつもりはないらしい。

「だけどおまえ、最初の女性を刺した事件がニュースになったときにも、顔色変えてただろ。梶山に被害者の住所を提供してたんだってな。そのことを追及されたら、情報提供者として報奨金もらうどころか、下手したら梶山の共犯ってことになる」

「梶山に住所を提供したときには、こんな大それた罪を犯そうとしているとは全く考えていなかった。俺は善意の探偵だ」

「それが警察に通用するか？　あそこで顔色を変えてたってことは、住所を提供するための調査の過程で、何か後ろ暗いことがあったと俺は予測してるんだが」

　松本はこのあたりはなかなか鋭い。勉強ができるだけのぼんくらではないのだと思い知らされる。

「ただの推測で、善良な探偵を疑うなよ」

　しらばっくれようとすると、松本は朝生にぴたりと視線を向けた。

「あの事件のニュースが流れたとき、おまえの態度はとても不審だった。だからこそ、ついつい調査してしまったことを許してくれ。ちょっと調べてみたらどうだ？　あっという間に、この探偵が法令に抵触する手段を取っていたという証拠が手に入るじゃないか」

「てめえ、よっぽど暇なんだな！　もったいぶらねえで、証拠というのがあるんだったら出してみろよ！」

きっと口先だけで、証拠など何もないに違いない。一蹴《いっしゅう》したいのに、松本の表情があまりにも確信に満ちているから油断ならない。

松本はその言葉を待ってましたとばかりに、楽しげに笑った。

「すでに調べもついている。とある依頼のときには、ガス会社の依頼を受けた検針員に親しく話しかけて、検針票をすりとったこともあった。すぐに紛失した検針票は見つかったそうだが梶山の依頼のときにも同じ方法か不正な手を使っているはずだ」

「……っ」

朝生の鼓動は大きく跳ね上がった。

そこまで調べられていたとは思わなかった。

「てめえ、……よっぽど仕事がなくて暇なんだな」

「おまえの不正の証拠は、その一件に限らずいくつか俺の手にあるよ。検針票をすりとられた検針員は、おまえを親切な人としか認識してなかったようだが、まさにその現場に防犯カメラが仕掛けられていたんだ。それをじっくり観賞させてもらって、保存してある。梶山の依頼を受けた事実と合わせて、この探偵のいつもの所業を知らせてやったら、報奨金を審査する部門の心証はとても悪くなることだろう。そうならないためにも、この二億円強奪事件を俺に手伝わせてはくれないかな」

「どうしておまえを！」

「梶山の行方を突き止めて、その元共犯者である被害者を捜し、さらに過去の二億円事件の証拠までたどり着くなんて、一人の手には余るだろ。探偵としての知識だけではなく、法律家としての俺の知識も必要だ。何せ、警察や報奨金の認定機関からケチがつけられないように気をつけてことを運ばなければならないからな」

「だからって、てめえと手は結ばねえぞ」

「だけど、おまえは危なっかしい。俺が見守ってやらなければ、法令に抵触する手段――つまりは、強盗、脅迫、窃盗など、公序良俗に反する手段を取って、報奨金をパアにするに決まってる」

「うっ」

確かにそれはそうかもしれない。さすがに強盗や窃盗はしないとは思うが、脅迫と思われるような手段を取らないとは確約できない。それ以上に『公序良俗に反する手段』というのは曖昧《あいまい》だ。金を出したがらない警察が、この曖昧な項目を利用して何かとケチをつけてくることも十分に予想できる。

――そんなときのための法律家か。

今のうちから引きこんでおけば、何かと重宝《ちょうほう》するかもしれない。しかし、相手はムカつく松本だ。そう簡単に、この男の手を借りる気にはなれない。

「てめえなんかに手伝わせるぐらいなら、猫の手を借りる」

一千万の取り分が減るのも腹立たしい。

だが、松本は朝生を見据《みす》えてにこやかな笑顔を崩さない。やはりこの男は、朝生に嫌がらせをしているときが一番輝いて見える。

「手伝わせないんだったら、俺はおまえを密告してやる。全身全霊でおまえの足を引っ張ると宣言しよう。報奨金をおまえが申請するときに合わせて、新たに入手した何らかの不正の証拠が警察に届くようにしてやる。郵送ではなく警察に行って、詳しく担当者に説明したほうがいいいかな。この男は法令に抵触する手段を取っていたって、とことん納得させてやる。そうしたら、おまえの努力はパアだ。何せ報奨金は情報の提供にあたり、法令に抵触する手段その他公序良俗に反する手段があった場合には支給されない」

「そんなことしたら、てめえをぶっ殺すからな……！」

憤りのあまり、朝生は目の前が暗くなるのを感じた。

せっかく一千万の報奨金が支給される事件の手がかりをつかんだのだ。それだけの大金には目が眩む。その当人も共犯らしき男もどこに消えたのかわからず、過去の二億円強奪事件についての手がかりもまるでないが、それでもこのおいしい状況を逃す気にはなれない。

このまま調査を続けたら、いろいろ情報が入る気がする。

——だけど、この男とは組みたくない。

他の男と組むのならともかく、松本だけは嫌だ。

「てめえも、金が欲しいのかよ」

結局はそれか、と軽蔑《けいべつ》した目を向けた。

事務所を開いて半年だから、まだまだ客が少ないらしい。報酬が極端に少ないと聞く国選弁護人の仕事もして、糊口をしのいでいるありさまだ。

「おまえはどうなんだ？　金だけが目的か？」

静かに聞かれて、朝生は本心を明かそうかどうか迷った。一千万入ったら、恩義のある人の息子を喜ばせることができる。そのために金が欲しかったのだが、正直にこの男には伝えたくなかった。

「そうだよ。金が目的だよ。てめえは？」

松本は綺麗に微笑んだ。

「俺の場合は金というより、人道的な見地からだな。重傷を負っているかもしれない人を、放ってはおけない」

「だったら、金はいらねえんだな？」

「いやそうは言っていない。報奨金は山分けだ。あって困るものではないからな。俺の役割は、報奨金を手に入れるための法律コンサルタントのようなものだと思ってもらえれば」

「何だかんだ言っても、てめえの目的も金だろうが」

綺麗ごとを口にするのが、腹が立つ。

こうなったからには手伝わせるしかないと、半ば腹をくくった。こんな大きな事件に関わるのだったら、確かに朝生一人の手に余る。法律コンサルタントなんてふざけたことを抜かすこの男に、泥の中を這《は》いつくばるような調査をさせるのも楽しそうだ。

だが、朝生には納得できないところが残ってた。

「山分けじゃなくて二：八な。俺が八。てめえが二」

こういうのは、最初が肝心だ。しっかりと事前に話をつけておかないと、後々揉めることになる。だが、松本は冗談ではないとばかりに言い返してきた。

「五：五だ」

「三：七」

「四：六で手を打とう」

「じゃあ、それで。俺が六で、てめえが四な」

その条件を、嫌々朝生は呑むことにした。

これからはちょっとした情報入手でもよっぽど注意して、法令に抵触しないような方法を取ることにする。手抜きすると、こんなときにしっぺ返しを食らいかねない。

だが自分は、そういう面倒くさいのが嫌で刑事を辞めたのではなかったか。

〔二〕

梶山のアパートの家捜しでは、二億円事件の記事のファイル以外にさしたる収穫はなかった。

だからこそ、二人は翌日からスーツに革靴といった刑事の服装で、近所に聞きこみをかけることにする。

もともと朝生は刑事だったから、聞きこみはさんざんやってきた。警察手帳を見せなくてもその雰囲気はあるのか、スーツ姿でさえいれば相手は刑事だと誤解してくれる。

だが聞きこみのときに、意外なほど松本が役に立ったのが驚きだった。

――まずは、好感の持てる清潔そうなハンサム。人当たりがいい。おばちゃんたちに、すごく人気。

ムカつくことに、松本はそんな自分の容姿の生かしかたも知っていた。通りすがりに近所の住民のゴミ出しを手伝ったりなど、ちょっとした手助けをしてから聞きこみに入る方法など、いったいどこで習ったのだろうか。

しかも、一般的に刑事は二人で聞きこみをするという認識が、テレビドラマや小説などであるようだ。二人でいるだけで、あやしまれないという利点もあった。

――警察とかち合わないか、心配だったけど。

だが、警察は梶山の件で聞きこみをかけてはいないようだ。被害者の遺体が見つかったわけではなく、派手に見えた出血も命に関わるほどではないと判明したからだろうか。

――大事になるまで、とりあえずは様子を見るってことか。

警察が動かないのは朝生たちにとっては好都合だったが、聞きこみの合間にチラチラと松本が向けてくる視線が、やけに気になった。何だとにらみ返すと、するりと視線をそらされる。何か半笑いというか、揶揄《やゆ》されているようにも見えた。

「何だよ？」

ついに我慢できずに問い質すと、松本は路上で次に聞きこみに入るエリアをアプリで確認しながら、ハンサムな口元に軽く笑みを浮かべた。

「いや。スーツ姿も似合うと思って」

「てめえ、舐《な》めてんのか？」

「いや、本気で。似合う。ちょっと崩れた色気というか、人妻好きの友人の気持ちが今さらながらにわかる感じ」

「誰が人妻だよ？　殺してやろうか」

朝生は凄んだ。

松本がゲイだと知ってしまったせいもあって、ジロジロ見られるだけで落ち着かない。ついでにこの男とキスしたことまで思い出してしまって、朝生はケッと息を吐き出した。

――そうだ、俺はこいつとキスしたんだ。

しかも、やたらと気持ちのいいキスだった。キスだけで立っていられなくなりそうだった。もしかしたら、松本はセックスも上手なのかもしれない。

そこまで考えた朝生は、全身がぞわぞわして考えを断ち切った。ろくでもないことを頭から追い出して、聞きこみを続ける。

初日にはほとんど収穫はなかったが、二日目。

二人は有力な情報を入手した。何と昨日、梶山の姿を見かけたというのだ。都内の競馬場で。

——何だと！

流血している被害者を置いて競馬に出かけたというからには、被害者はさほど重傷ではないのだろうか。見間違いではないらしく、その人は梶山と競馬場で挨拶《あいさつ》も交わしたそうだ。

昨日と似たようなレースを今日もやっているのを確認するなり、二人は聞きこみを切り上げてその競馬場へと向かった。

地方競馬だが、レース最中の競馬場には人が多い。見つからないまま何レースか見送った後で、不意に朝生は目を見開いた。

「いた。あそこだ。……梶山」

「ああ」

梶山に気づかれないように尾行して、ずっと競馬場で見張り続ける。その最中に気になって、朝生は松本に話しかけずにはいられなかった。

「二日も続けて競馬に来たってことは、被害者はわりと軽傷かと思ってたけど、死んだ可能性もあるってことだよな」

「梶山が共犯者の口を割らせて二億円の分け前にあずかったのなら、おそらく競馬には来てない。来たとしても、もっと景気のいい馬券の買いかたをするはずだ」

梶山が馬券を買っている間に、松本がその背後に回りこんでいたことを思い出す。

「おまえ、あいつが馬券買うの真後ろで見てたよな。どれくらい買ってた？」

「どれも百円ずつだ」

「だったら、大金は入ってないな」

「ああ」

梶山がレースを終えるまで、ひたすら監視を続ける。梶山は三レース終えたところで派手に馬券をばらまいて競馬場を出ていく。それを二人で尾行した。

梶山は自分が尾行されている可能性などまるで考えていないらしく、背後を気にかける様子はなかった。地下鉄を乗り継いで、おそらく最寄りらしき駅で降りる。それからスーパーで弁当などを買って、そのビニール袋をぶら下げて歩いた。買った弁当は、一つだけだったから、梶山は一人だ。

――だったら、被害者は……？

朝生は嫌な予感がしてならない。

梶山が帰宅したのは、駅から徒歩十五分ぐらいの二階建てのボロアパートだった。前のアパートとは違う場所だ。おそらく、アシがつくのを怖《おそ》れて住まいを変えたのだろう。住まいはアパートの一階だ。カーテンは完全に閉じてなかったから、ドアとは反対側の塀側に回りこめば帰宅後の部屋の様子はうかがえる。

——六畳一間。風呂トイレ共同。この住まいに、重傷者を運びこむのは無理がある……。庭も狭すぎるから、死体を埋めてもいないだろうし。

塀越しにさりげなく室内を観察しながら、朝生は考えた。隠せるのはせいぜい押し入れぐらいだが、弁当を食べ終えた梶山が布団を敷くために押し入れを開けたので、そこにも死体やかくまわれた人はいないことがわかった。

——この部屋も、極端にものが少ない。

すでに梶山は、出所してから住まいを三度変えている。敷金や礼金がかからないうえに、おそらく身分証明も必要とされないところを選んでいるのだろう。どこも崩壊寸前のボロアパートだ。

梶山の新たな住まいを探り当てたが、その日は梶山は出かける様子はなかったので、二人は帰宅した。

その翌日から、松本と分担しあって梶山の周辺を探ることになった。ひたすら張りこんで、どこかに出かけるのだったら尾行することにする。

——被害者は、どこにいるんだ？

朝生が気になっているのは、ひたすらそのことだった。松本も同じことが気になっているらしく、それなりに多忙らしい仕事の合間を縫って、尾行を分担してくれる。他の仕事もある上に、一人で二十四時間張りつけるはずもなかったので助かった。

――まぁ、相棒がいてよかったよな。

刑事を辞めてから、誰かと組んで仕事をすることはなかった。一人が気楽だと思っていたが、張りこみは大変だから、松本がいると助かる。

一週間も経《た》ったころには、梶山の行動パターンがだいたい割れてきた。

特に仕事はしていないようで、日がな一日ぶらぶらしている。出かける先といえば競馬に競輪にパチンコで、それ以外は食事やタバコを買いに出かけるぐらいだ。

だが、それ以外に一つ、気になる外出先があった。

三日に一度、必ずサウナに出かけているのだ。

一度は中まで尾行してみた朝生だったが、逃げ帰ることになった。その夜、松本と顔を合わせたときに一日の収獲を報告する。まずは、あたりさわりのないことからだ。

「ツテを使って梶山のムショ仲間を探り当ててな。梶山についていろいろ聞き出してみたんだ。あいつにはポリシーがあって、犯罪に関わるような連絡には絶対に電話やインターネットを使わないらしい。前回の逮捕の決め手になったのが、それらの証拠だったたんだって。ああいうのは全部記録が残るから、絶対にダメだと、ムショ仲間にやたらと説教してたそうだ」

「今は携帯も持ってないって聞いたよな。だとしたら、梶山が連絡を取っているのは、直接顔を合わせている相手に限られるってことか？」

「重傷を負わせた被害者は死んじまってるかもしれねえが、誰かに預けて介抱させている可能性もある。生きてるんだったらその様子を聞くために、その誰かと定期的に顔を合わせてるってことになるけど」

「競馬と競輪場？　大勢、人がいるが」

「だけど、パチンコを含めたそういうとこでは、さして人と話してはいないんだよ。むっつりと押し黙って、勝負に集中してる。だからな、やはり連絡を取ってるんだったら、サウナかもしれないと思って今日初めて踏みこんでみたんだ。そこで、決まった誰かと会ってるんじゃねえかと思って」

朝生はそこで言葉を切る。

この先はあまり話したくなかった。だが、情報は情報だ。サウナへの再びの潜入の役割を、どうにか松本に押しつけたくて仕方がない。こいつのほうが適任としか思えない。

「どうだった？」

松本は肘《ひじ》をソファの肘掛けに突いて軽く指と指を組みあわせ、完璧な笑顔で尋ねてくる。

松本も梶山を尾行したことがあるのだから、あのサウナがどういう類《たぐい》のものなのか、知っていても不思議ではない。むしろこの笑顔は、知っているという何よりの証明ではないだろうか。

――俺はロッカールームで服脱ぐまで、気づかないままだったけどな。

知っていたかもしれないのに、一言も注意しなかった松本の態度に、朝生は何らかの悪意を感じ取ってならない。

その表情の変化から目をそらさないようにしながら、朝生は声を押し出した。

「ああいうところって、どうやって見分けるんだろうな。普通に、サウナって書いてあったんだ。そこにはハッテン場とは書いてなかった」

「ああ」

松本の笑みが深くなる。

愛しい相手がとても可愛らしいことをしたのを見守っているときのような、慈愛に満ちた表情に見えた。やはりこいつは知っていて何も言わなかったのだと、朝生はそのときに確信した。松本から目を離さないまま、朝生は続ける。

「俺は何も気づかないまま、フロントで金を払って、ロッカールームまで行った。そこで着替えたとき、男が近づいてきて、わけのわからないことを言って、俺の……大事なところをいきなりつかんだ。何するんだと慌てて振り払ったんだけど、そこかしこから男の喘《あえ》ぎ声が聞こえているのに気づいたんだ。ここはサウナでもああいうサウナだと気づいた途端、俺は服を猛スピードで身につけてそこを出てた。ここ近年、あれほどまでに焦ったことはねえぞ」

狼の巣に迷いこんだ子羊のような気分だった。

「ふふ」

我慢できなくなったかのように、松本はかすかな笑みを漏らした。その相棒を朝生は思いきりにらみつけた。やはりこいつは最悪だ。限りない悪意を感じる。こんな男とは組むべきではなかった。しかし、組んでしまった以上、あの場所に潜入するのは、松本が適任としか思えない。ゲイだと言っていたからには、ああいう場所に出入りしたこともあるに違いない。そんな偏見丸出しで押しつけてみる。

「次はてめえの番だ。こんなときこそ、てめえが役に立つときだ。梶山が中で誰と接触しているのか、あいつが次に行く三日後にはぴったりと張りついて確認しろ。何だったらあいつと乳繰《ちちく》りあってきてもかまわねえぞ」

松本は居住まいを正して、優雅に微笑んだ。

「残念ながら、俺はそのように不特定多数とどうこうするような不道徳な場所に立ち入ったことはないよ。それに、何より裸を他人にさらせない事情がある」

思わぬ返答に、朝生は眉を寄せた。

「どんな事情だよ？」

「事故でな。外傷によって陰茎が損傷された」

その言葉に、朝生は毒気を抜かれてゴクリと唾を飲んだ。

――陰茎損傷……？

それは、男性としてのアイデンティティに関わる重大な外傷ではないだろうか。

自分にそのような事情があったとしたら、不特定多数が出入りするサウナに出入りすることは避けるかもしれない。

――そうだよな。それほどまでに、心の傷になってるかも。

ハッテン場では、ことさらそれはガン見されるだろう。そんなとき、男のプライド的なものをごりごりと削られることがあるかもしれない。

――もしかしたら、その損傷のせいで結婚や恋愛にも影響があったりするのか？

そこまで考えたときに、朝生はふと矛盾に気づいた。

「あれ？　けどおまえ、こないだ、母親が結婚をごり押ししてきてなかったか？」

戻ってきたのは、自虐《じぎゃく》の混じった笑みだった。

「それでもいいって言ってくれた、奇特《きとく》なご令嬢がいたんだよ。だから、母はどうしても彼女と俺をめあわせたかったらしい。結婚に価値を見いだす、古い世代の人間なんで」

「なるほど」

性器損傷という深刻な事情が関わっているだけに、朝生はうなずくしかない。

どの程度の損傷かわからなかったが、さすがに無遠慮には踏みこめない。

「わかった、だったら、俺が」

苦渋の決意とともに言うしかない。今回は珍しく他人と組むことになったが、いつもならば一人で何もかもこなしているのだ。そのときにはやりたいとかやりたくないに関係なく、どんなところでも自分で踏みこむしかない。

今日はハッテン場とは思っていなかったから驚いて逃げ出してしまったものの、もともとそういう場所だと腹を据えて踏みこんだら、どうにかなるだろう。

その朝生の判断に、松本は驚いた顔をした。

「いいのか？」

「いいよ、仕方ねえだろ。ま、……性器が損傷してようが、てめえはいい男だ。弁護士だし」

こんなときには、慰めてもみる。

朝生のぎこちない褒め言葉に、松本は妙な顔をした。

いい男なのは事実だし、猛勉強して弁護士になれたのは正直にすごいことだと、朝生は心の奥底では思っている。ムシが好かない相手だが、それは単純に相性の問題であって、松本の価値を損なうものではないのだ。普段は言わないことをあえて口に出したのは、松本を慰めたいという気持ちあってのことだった。

——まぁ、こいつは性器を損傷してようが、それを補うだけのものはあると、俺は思ってる。それでも、当人にとっては深刻な心の傷、ってケースもあるからな。

だからこその判断に他ならない。

「ありがとう」

松本は不意に嬉しさが滲むような、不思議なほど素直な顔をして笑った。

そんな反応が照れくさくて、朝生はそっぽを向く。だが、サウナは未知の場所すぎたから、その流儀について詳しく聞き出さずにはいられなかった。

ハッテン場に潜《もぐ》りこむのは、朝生にとって初めての体験だった。

松本に聞いたところによると、ハッテン場というのは手っ取り早く相手を見つけてエロいことをするための場所らしい。

会話は不要で、気に入った相手がいたら目を合わせて微笑むか、身体に触れてみる。オッケーならその場でやってもいいし、別の小部屋――プレイルームに行ってもいい。

「行ったことがねえってのは、本当か？　詳しいじゃねえかよ」

説明を受けたとき、朝生はうろんな視線を向けずにはいられなかった。だが、いつでも端整にすました顔の松本は、にこやかに応じた。

「行かないよ。俺は精神的な純愛を重んじてるからな。心が通じあわない相手とは、やりたくない」

だったらどうして俺とキスしたんだよ、と朝生は腹の中で反論する。松本にとってあのキスは、全く数のうちに入っていないということなのかもしれない。

「純愛を重んじてるくせに、こういうところに詳しいのはおかしくねえか？」

「おまえは風俗に行ったことがある？」

切り返されて、朝生はとまどった。事務所は繁華街にあるし、風俗嬢の相談にもよく乗っている。だが、朝生自身は客としてお世話になったことはない口だ。

「ねえよ」

「だけど、それなりに詳しいだろ。ピンサロがどんな仕組みで、どんなことをしてくれるか、だいたい知ってる」

「まぁ、それは」

好奇心で、その手のレポを週刊誌などで読んだ。ストーカー対策で風俗嬢のボディガードとして、実際にその場に出入りしたこともある。

「それと一緒」

「本当かぁ？」

どこまでがまやかしなのか、口のうまいこの男の場合は判別がつかない。

だが、ゲイばかりのハッテン場にこれから踏みこむのだと思うと、だんだん朝生は緊張してきた。

それでも気合いを入れ直して、朝生はサウナに近づく。前回、梶山を尾行してこのサウナに踏みこんでから三日が経っていた。自分より十分前に、梶山がここに入っていたところだ。この内部で誰と接触しているのか、確認する必要がある。その相手の住まいに、ケガをした元共犯者を預かってもらっている可能性があるのだ。

――けどもう、誘拐事件が起きてから一週間とちょっと経ってる。手遅れじゃなければいいけどな。

だが、フロントで金を払ったときに。前回にはなかった思わぬことを宣告された。

「本日は全裸デーとなっています」

「は？」

朝生はギョッとした。そんな朝生をフロントの男が冷静に見つめ返してきたので、目立たないように納得顔でうなずくしかない。

――全裸デー？？？

頭の中が疑問符で一杯だ。

いきなりそんなパワーワードを浴びせかけられるとは思っていなかった。

よくわからないままロッカーキーを受け取って、朝生はロッカールームに向かう。途中で掲示板があって、イベント日らしき一覧が貼り出してあるのが見えた。

――今日は確かに全裸デー。他に競パンデーとか、タオルデーとか、ソックスデーとかあるのか。

ソックスデーというのは全裸にソックスのみ可なのか、それとも性器にソックスをかぶせるものなのかもよくわからない。

ロッカールームにはすでに梶山はいなかったので、急いで服を脱ぎ、全裸になって目的の男を捜すことにした。一応、フロントで受け取ったレンタルタオルは手に持つ。それで申し訳程度に股間を隠した。とにかく梶山が誰と接触してどんな話をしているのか、さっさと探って逃げ出したかった。

薄暗い廊下で全裸の男とすれ違ったとき、今日の全裸デーというのがどういうものなのか、何となくわかった。

——隠してない……!

勃起した性器を見せつけるようにして、大勢が廊下をうろついている。とんでもない場所だった。全裸デーというのが人気なのか、それともいつでもこれくらい混雑しているのかわからなかったが、平日の夜なのに人が多い。時刻はサラリーマンでも勤務後にやってこられる午後八時過ぎだ。

それなりに朝生は鍛えていたから、貧弱な身体ではないはずだ。綺麗に引きしまった腹筋を見せびらかすように歩きながらも、局部は何となく隠してしまう。彼らのように勃起させて見せつけるなどということはできそうもなく、視線が合った相手を近づくなという恫喝をこめてにらみつけた。近づかれるのは、やはり怖い。

自分に性的な関心が向けられることに慣れない。

朝生は強気な態度を装いながら、部屋から部屋へと移動して梶山を探した。

廊下は人とすれ違うのがギリギリなほど狭く、薄暗かった。大小の部屋が入り交じる、迷路のような造りだ。しかもあちらこちらから男のうめき声や喘ぎ声が聞こえてくるから、落ち着かないことこの上ない。

朝生は自分がロッカーキーをただつかんでいるだけだったのに気づいて、左の手首に引っかけた。鍵を収納するところが緩くなっていて鍵が手首にあたるのが気になって、途中で赤い細い布きれが置かれているのを見つけたときに、その上から巻きこんでみる。だが、この準備されてある赤い布は、何に使うのだろうか。朝生のように鍵が気になる人向けなのか。

――……とにかく、梶山だ、梶山。

このような店に出入りしているということは、梶山もゲイなのだろうか。そういえば、女性が刺される事件が起きて梶山のアパートに踏みこんだとき、ゲイ雑誌があったのを思い出す。

――被害者を預けてるのは、そのゲイ友とかか？

なかなか梶山は見つからなかった。梶山のような小太りの中年の数は多くて、身体つきからでは区別しにくいから厄介《やっかい》だ。少し薄くなり始めた髪型も似たタイプが多すぎて、そのような中年たちが肉弾戦をしている最中を、ガン見しながら見定めていかなければならない。

だが、これも一千万の報奨金のためだと割り切ると、朝生の中で目的がハッキリした。浮気調査のときなど、どうして自分がこんな仕事をしているのかと疑問に思うことが少なくない。自分が刑事を辞めてまで追及したかったのは、社会正義だったはずだ。法に縛られることなく、困った人を助けたい。悪いやつはとことん追い詰めて、相応の報復を受けさせたい。だけど、その正義と自分は関わることなく、こんな浮気調査をしている。

だが、今回の事件は一千万という報奨金が準備されていたし、ナイフで刺されてどこかで苦しんでいるのかもしれない被害者を助けるという目的がある。二億円の強奪事件の犯人も、明らかにできる可能性があった。

――いつも、これくらい報酬が高ければいいのにな。

大部屋には梶山はいなかったので、朝生はハッテンしている最中のプレイルームを一つ一つ確認していくことにする。

小部屋の中にはしっかりと施錠されている部屋もあったが、からみあう二人は人に見られたいのか、派手な喘ぎ声をあげているところはドアが開かれていてギャラリーが何人もいたりする場合もある。

三部屋目で、梶山を見つけた。サウナに入ってから三十分も経っていないはずなのに、素早く相手を見つけてハッテンの最中だ。からみあう肉体二つを朝生はしばし眺めていたが、終わるまではまだだいぶかかりそうだと踏んで、その隣の空いていたプレイルームに入りこんだ。

「は」

ようやく少しだけホッとした。見たくないものが視界に入らないだけでも、ありがたい。聞きたくない男の野太い喘ぎ声は聞こえてきたが、それくらいは我慢できる。

その狭い部屋にはシャワーがついていた。壁にはマットが立てかけられていて、それを敷いてプレイし、終わったらシャワーで洗い流して後始末して出ていく決まりらしい。

――ここで待つか。

何せ周囲にいる男たちが怖い。常にガンをつけておかないと、近づかれて身体に触れられそうになる。それらを回避するためにも、どこかに隠れていたい。

――隣なら、梶山たちが終わったらわかるだろうし。

全裸だったが、さすがはサウナだ。全裸でも寒くない温度にはなっている。漏れ聞こえてくる梶山とその相手の喘ぎ声を聞き流しながら、朝生はマットに寝転がって軽く目を閉じる。

眠るつもりはなかったが、気づけばぐっすりと眠りに落ちていた。

軽く頬を叩かれる衝動で目覚めたが、すぐには朝生は自分の今の状況がまともに把握できなかった。

目を開けた瞬間に、ぎらぎらとした欲望に満ちた見知らぬ中年の顔がすぐそばに突きつけられていたからだ。それに驚いて身体を引こうとしたときに、手足が何かにガッチリと拘束されて思うがままに動けないことを知った。

――え？

視線を落とした途端、朝生は座らされた椅子に自分の身体がくくりつけられていることを知る。手首と太腿とふくらはぎを頑丈なバンドで椅子に固定されているから、そこから立ち上がろうにも動けない。

――この椅子って、さっき見た椅子か？

迷路のようなこのサウナの部屋のどこかに、この椅子が置いてあったのを見た。部屋の中央に堂々と置かれていた。足を大きく開かせて固定されると、その間を相手の好きにされてしまう、分娩《ぶんべん》椅子に似た性的なアイテムだ。

男同士でもこのような椅子の需要があるものなのか、と感心して眺めていたから、よく覚えている。だが、その椅子に自分がくくりつけられて座り心地を体験させられることになるなんて、夢にも思っていなかった。

「兄ちゃん、目が覚めたか。よく眠ってたな。ここまで運ばれても、ぐっすりだったからなぁ」

とまどっている朝生に話しかけてきたのは、先ほどの男だ。

大きく足を広げた自分の姿は無防備すぎる。とにかく力ずくでもこの拘束が外れないものかと、朝生は懸命に手足に力をこめた。だが、バンドはそれなりに頑丈らしく、太腿に食いこむばかりだ。無理やり外すのが不可能だと悟った朝生は、目の前の男をにらみつけた。

身体が動かせない以上、あとは言葉と態度で訴《うった》えるしかない。自分にその気はないのだと明確に知らせて、退散させるのだ。

「てめえ。ふざけんな！　俺が寝てる間に、ろくでもねえことしやがって」

「新顔だな。いい身体してるから、ずっと見られてたの知ってるか。こういうことして欲しかったんだろ？　最初から大胆だな。うちはまず、新入りはこの椅子で可愛がられることになってるんだ。淫乱猫」

思いがけない言葉を浴びせかけられて、朝生はぞわぞわした。

「そんなしきたり、知らねえよ！　ふざけんな、この野郎！」

「威勢のいい兄ちゃんだな。まずはリラックスしろよ」

別の男が最初の男の脇から現れ、くしゃくしゃになったハンカチのようなもので朝生の口と鼻を覆った。ちょうど息を吸うタイミングだったために、思いきり吸いこんでしまう。焦りに息が乱れきっていたせいもあって、続けざまに呼吸せずにはいられなかった。

ハンカチ越しに空気を吸いこむたびに、頭がぼうっとしていく。

さらに強引に口を開かされて口の中に何種類かの薬を放りこまれ、ペットボトルの水を流しこまれる。

「つぐ、……ふは、は……」

吐き出そうとしたが、むせ返った拍子に薬のいくつかを飲んでしまっていた。男はこんなふうに、非合法の薬を相手に飲ませることに長《た》けているらしい。

即効性のあるものもあったらしく、目の焦点が合わなくなってくる。心にも作用するものが含まれていたのか、嫌悪感が薄れてどうにでもなれ、という気分になってきた。

しかし、朝生を囲んでいるのは二人だけではない。

「兄ちゃん、いい身体してるね。鍛えてるの？　競パン似合いそうだ」

そんな言葉とともに、ペニスに手がからみついてきた。

嫌だ、やめろと伝えようにも、口は開きっぱなしで閉じることができない。身じろぐたびに、口の端から唾液がだらだらとあふれていく。

そんな朝生の様子は、彼らの目にも奇異《きい》に見えたようだ。焦ったように頭上で囁き交わすのが聞こえてきた。

「おまえ、ちょっと効かせすぎたんじゃねえのか？」

「新しいの、入ってきたばかりなんだよ。すごく効くって聞いたけど」

「けど、兄ちゃんはすごく気持ちよさそうだ。様子見てヤバすぎるようだったら、救急車呼べよ」

「だな」

「見ろよ。勃《た》ってきてる」

指摘されたように、固定された足の間でペニスに熱が集まり始めていた。

その固くなったペニスを誰かに握りこまれただけで、うめかずにはいられない。それを軽くしごき上げられると、ぞわぞわと鳥肌が立つくらい感じた。

「っぁ、……、んぁ、ぐ……」

男の性器を握り慣れた彼らだからこその巧みさもあるのだろう。かつてないほどの悦楽《えつらく》にさらされた朝生の反応に、彼らも興奮を掻《か》き立てられたらしい。

「兄さん、……すごいエロい顔してる」

「お望みのようだから、もっとエロいことしてやろう」

ペニスを誰かがゆるゆるとしごいてくる。それに意識を奪われていると、ローションまみれにされた指が体内につぷりと入ってきた。そんなことは正気だったら絶対に許せないことなのに、今の朝生の身体はたまらない悦楽としてそれを受け止める。

「……っ、あ、あ」

ぐにぐにと指が体内でうごめいた。内臓を掻き混ぜられ、括約筋《かつやくきん》を刺激される慣れない感覚は強烈で嫌悪感があるというのに、それを快感と錯覚《さっかく》しそうになるのは、同時に性器もいじられているからだろうか。

指が抜き差しされるたびにペニスがどくんと脈打つ感じがあるほど、腹の中が気持ちよかった。その反応は、彼らにも伝わったらしい。

「すげえモロ感マンコ」

「柔らけえな。使いこんではいねえ感じだけど」

「兄ちゃん、ここにぶちこまれたことある？　すげえ気持ちよさそうな、蕩《とろ》け具合だ」

もうろうとしていた朝生には、彼らが何を喋っているのかよくわからなかった。

しばらく喘がされてから指が抜けていき、その後で指よりも大きなシリコンバイブが押しこまれてくる。それをぐにぐにと中で動かされると、括約筋の内側や奥が刺激され、その慣れない感覚に朝生は溺《おぼ》れていく。

　ここでそんなにも感じるなんて、考えたこともなかった。違和感と異物感はあるというのに、それ以上に重苦しさと混じった甘さが広がって全身がびくつく。その感覚に満たされたままペニスをしごかれると、先端から蜜があふれっぱなしになる。

　──気持ち……いい……。

　冗談ではない。そんなふうにわずかに残った正気が叫んでいるというのに、身体は完全に陥落《かんらく》していた。

　ぬるぬるにされたシリコンの抜き差しが、だんだんとスムーズになってくる。自分の身体がだんだんと開いていくのが感じられた。普通の状態でこんなふうになることはないだろうから、筋弛緩剤《きんしかんざい》のようなものでも使われたのだろうか。

　──くそ……っ、……こんなの……俺じゃ、ねえ……！

　なけなしの理性は抵抗しようとしている。だが、はめこまれたシリコンの異物が体内でうごめくたびに、そこから広がっていくのは快感でしかない。

　抜かれるときと押しこまれるとき、息が詰まりそうなほどの痺れがわき上がってくる。

　──何だ、これ……。

「もっとおっきなのが欲しいか。兄ちゃんの身体は覚えがいい。どんどんぶっといのをはめこまれたくて、涎垂《よだれ》らしてるよ」

　体温に馴染《なじ》んだシリコンが大きく広げられた足の奥から抜き取られ、さらに大きなシリコンのバイブが狭路《きょうろ》を割り開いて押しこまれてきた。

「っぁ、……っあ、ん、ん」

「だいぶほぐれてきたぜ」

男性器を模《も》したシリコンの切っ先が、襞《ひだ》を押し開いて強引に奥まで入りこんでくる。甘ったるい感覚が、ぞくぞくと身体を溶かしていく。物理的な刺激はもちろんのこと、こんなふうに身動きできずに道具のように身体を扱われている状況が、よけいに刺激を増すのだろうか。

ぐいぐいと、シリコンが奥まで身体をうがつたびに、口から勝手な声が漏れて内腿にぎゅうっと力がこもる。内臓を掻き混ぜられる刺激は不思議なほど甘すぎて、こんな快感が自分の身体に眠っていたことに驚く。

だが、さんざん朝生をほぐした後でそのシリコンが抜き取られ、代わりに別のものがそこに突きつけられたとき、明確な恐怖を覚えた。

――犯さ……れる……。

冗談ではない。自分の身体の一番無防備な部分に他人の肉をくわえこまされる。そう考えると、嫌悪感と恐怖が蘇《よみがえ》る。

背筋が冷たくなり、大きく目が見開かれた。

肉体の欲望ばかりに押し流されていた朝生に、ようやく正気が戻ってくる。さすがにここに男の性器を突っこまれるなんて考えられず、あらんかぎりの力をこめて身体を逃がそうとした。

「いや、……だ、……やめろ……っ！」

効きすぎていた薬の効果が、多少は薄れてきたのかもしれない。拘束用のバンドは外れないままだったが、少しずつ手足が動かせるようになってきてもいる。

「どうした？　急に暴れるじゃねえかよ」

「嫌だ、離せ……！」

「嫌だなんて言ったところで、おまえは印を」

「おい。もっとラッシュ嗅がせろ」

そんな声が頭上で行き交う。

そのとき、割りこんできた声があった。

「——ああ、お客様。合意なしの行為は、禁止されております」

通る声に、男たちがハッとしたように振り返った。

「お客様。……今、嫌だと聞こえましたが」

スタッフらしき声にあらためて冷静に問い質されて、朝生はぼうっとしたままうなずいた。

「やめて……くれ。嫌だ」

ペニスはギンギンにたぎったままだし、シリコンを突っこまれていた孔《あな》からは潤滑剤が垂れ流しになっている。こんな状態では「やめろ」もプレイの一種だと思われそうだったが、だらしなく弛緩した顔にタオルがかけられた。

「――ということですので、このお客様は保護させていただきます。なお、薬物を使うことも禁止させていただいております。注意を聞いていただけないようでしたら、通報もさせていただきますので」

スタッフらしき男には逆らえないらしく、慌てたように男たちが部屋から去っていった。

――助かった……。

力を抜いた朝生の全身から、スタッフらしき男の手によって拘束バンドが外されていく。先ほど朝生の身体をいじっていた男たちは退散したようだが、ギャラリーらしき男が残っていて、スタッフらしき男に話しかけているのが聞こえてきた。

「兄ちゃん、新顔だな。新しいスタッフかい？」

「ええ、まあ。そんなところです」

朝生は椅子から抱き上げられた。どこかに運ばれるらしい。成人男性としてそれなりの体重があることは自覚していたから、恩人であるこのスタッフに負担をかけないようにじっと動かず、体重を預けているしかなかった。正面から抱きつく形になったが、スタッフはまだ若い男らしい。たくましい筋肉の感触が伝わってくる。彼は朝生の身体をあぶなげなく、運んでいく。

――けど、……震動がヤバい。

嗅がされ、飲まされた非合法の薬物の効果か、それとも身体をなぶられた直後なためか、朝生の身体はまだ熱く疼いていた。ペニスの勃起もまるで治まっておらず、それがスタッフの身体との間で刺激されるたびにぞくぞくと広がる痺れを遮断できない。

男の腰に巻きつけた朝生の腿に、震動を感じるたびに力が入った。できるだけ腰を引こうとしているのだが、下手に動くこともかなわない。

運ばれている間に顔を覆ったタオルがずれ、スタッフの顔がまともに見えた。

「え？」

朝生の口から、素《す》っ頓狂《とんきょう》な声が出た。自分を助けて抱き上げていたスタッフは、松本だったからだ。

伊達眼鏡《だてめがね》らしき黒縁の眼鏡をかけたその奥の目と視線がかち合ったとき、松本はいたずらがバレた子供のような楽しげな表情を浮かべた。

「おま……っ」

「ここに入るか」

松本は朝生を抱いたまま、通路の途中にあった小部屋に入りこんだ。そこはドアが施錠できて、真っ白なシーツが掛けられた布団が一組、敷かれている。掛け布団を外したそのシーツの上に、朝生はそっと横たえられた。

「どう……いうことだ、これは」

全裸のまま見上げた朝生の目に映ったのは、Tシャツと短パン姿の松本だ。普段はスーツだから、このようなカジュアルな格好は見たことがない。このような格好だと意外なほどにたくましく、身体つきががっしりとしていることに気づく。密着しているときに感じた筋肉は、気のせいではなかった。

「どういうことなのかとは、こっちが聞きたい」

松本にやや厳しい声で問い質された。

「なかなかサウナから出てこないから、様子を見に入ったらこんな始末だ。……集団レイプされたくて、あのサウナに行ったのか」

身体が元気だったら、ぶん殴ってやりたい失礼な言いざまだ。

「誰がそんなこと……っ！　ってかてめえ、俺がサウナに入るの、見てたのかよ？」

松本は仕事があると言っていたはずだ。だからこそ、朝生は朝から一人で梶山を見張り、夜になって外出した梶山を追ってサウナに行ったのだ。だが、梶山がサウナに行く日は三日置きと決まっているから、サウナで張っていれば朝生たちを見つけることは可能なはずだ。

松本は悪びれずにうなずいた。

「もちろん。おまえが店に入ったのは、夜の七時五十分ごろだ」

「忙しいって言ってなかった？」

「忙しくはあったけど、……まぁ、気にはなる。おまえがあそこに無事潜入できるのかとか、中で無事だろうかとか。裁判所にいたのだが、打ち合わせもそこそこに飛んできて、おまえが入っていくのを見届けた」

「スタッフに変装して入りこめるくらいなら、最初からてめえが中を探ればよかったんじゃねえの？」

朝生は思いきり突っこんでやる。こんなふうに自在に出入りできるのだとしたら、わざわざ客に変装して潜入する意味がない。着衣のスタッフでいいのだったら、陰茎損傷でもプライドを損なうことなく任務を全《まっと》うすることができるはずだ。なのに、そうすることなく朝生だけに潜入任務を押しつけたのは、あたふたする様子を見たいがためとしか思えない。

だが、松本は伊達眼鏡をくいっと上げて、楽しげに微笑んだ。

「忙しいのは事実だ。おまえがサウナに入店するまでに駆けつけられたのは、たまたまだ。もちろん、おまえを潜入させたほうが楽しいという理由もあるが」

「あっという間に本音かよ。てめえのせいで、俺はあんな目に」

「どんな目に遭ったのか、詳しく説明してくれないか。普通なら、サウナに潜入しただけで、あんな目に遭うことはないはずなんだが」

松本の目が、何かを探ろうとするかのように朝生の全身に這わされる。全裸だから、落ち着かないことこの上ない。自分が誘ったように思われるのだけは心外で、朝生は表情を引きしめた。

「梶山を見つけたんだけどハッテンしてたから、その横の個室で待ってたんだよ。そのうち、ぐっすりと眠りこんで、起きたら椅子にくくりつけられてた。俺にだって、どういうことなのかわからねえ」

「ちょっと待て」

そう言って、松本は一度個室から出ていく。

しばらくして戻ってきた松本の手には、朝生のロッカーキーが握られていた。椅子にくくりつけられるときに外されて、どこかに置かれていたらしい。番号までは覚えていなかったが、自分のものだと識別できたのは赤い布が固く巻きつけられていたからだ。

「これ、おまえのか」

「ああ、どこに……」

「布、どうして巻いたんだ？　どっち側の手にロッカーキー巻いてた？」

松本の声から不機嫌さが滲み出している。どうしてそんな反応をされるのかわからないながらも、朝生は説明した。

「どうしてって、……鍵が手首にあたるだろ。……布、あったし」

「こういうところでのロッカーキーには、厳密な決まりがあるんだ。左手はウケの印、右手はタチの印。足につけているのは、どちらでもオッケー」

「何だと？」

そんな決まりがあるなんて、聞いてはいない。

普段の癖で、何となく左につけただけだ。それはウケの印だったということなのだろうか。

「だったら、……この布の意味って」

こわごわ尋ねた朝生に、松本は恐ろしいことを言ってきた。

「この赤い布は、『何でも無茶なことしてオッケー。むしろ、しろ』の印」

それを聞いた瞬間、朝生の頭の中でブチリと何かが切れた。

「てめえ！　……何でそんな大切なことを説明しねえんだよ！」

いくらハッテン場でも、さすがに合意もなくあのようなことをされるのは妙だと思っていたのだ。まさか、自分からそんな合図を出していたとは知らなかった。

怒髪天《どはってん》の朝生を前に、松本は落ち着き払っている。

「ハッテン場ごとに、いろいろ決まりが違うからな。ここの詳しい決まりまでは知らないが、五分も観察してればわかることだろ」

「わかるかよ」

事前にそのようなしきたりがあるのだと知っていたら観察もするだろうが、合図すること自体知らなかった朝生にとっては、それは観察する対象にはならない。

――わざとだ。

そんな確信があった。

だからこそ、松本はのこのことここに現れて、朝生を助けるふりをして笑いに来たのだ。

こんなことになるという予感でもあったからではないだろうか。

俺はこの松本を許さないと心に深く刻みこみながら、朝生はだるい身体を起こした。まだ腰が熱くてペニスがジンジンと疼いたままだったが、どうにか身体を落ち着かせてこんなところから逃げ出したい。

――冷水でも浴びるか？

それとも手っ取り早く、抜いたほうがいいだろうか。

――後者か。

とにかく腰が熱くてならない。冷水でどうにかなるものとも思えなかった。吐き出す息さえ、とにかく熱い。

「……後で、てめえとは話をつける。覚えてろよ。だが、少し席を外してくれ」

身体がどうしても落ち着かない。ろくでもない発言をしている自覚はあったものの、それほどまでに追い詰められていた。

だが、それを伝えた途端、松本がゴクリと生唾を呑んだのがわかった。その表情の変化が何によるものか見定められないでいる間に、朝生の肩に手がかけられ、強い力で布団の上に押し倒される。足を割られながら、松本がのしかかってきたのがわかった。

「だったら、……俺が抜いてやるよ」

見上げた松本の顔に、今までに見たことがないほど欲情が表れていた。目が色気に満ちて、肌が上気している。まさかこの男は、自分に欲情したのだろうか。ぞっとした。なのに、それに呼応したかのように朝生の身体も熱くなる。

「……ざけんな、どけ！」

朝生には、そんな冗談に付き合っている余裕はなかった。足の間に手を伸ばしてくる松本から逃れようと身体をひねる。

だが、性器を手のひらで握りこまれただけで、その刺激に息を呑まずにはいられなかった。しばらく刺激が中断されていたからか、そこで異様なほど感じてならない。やんわりと手を動かされただけで、あ、あ、あ、と声が突き抜ける。どうにかしてその手を振り払いたいのに、動かされているだけでまるで力が出ない。

――ヤバい、……これ……、ヤバい。

とぷりと蜜が、先端からあふれ出した。それを指の腹で尿道口に塗りつけられると、あまりの快感に頭が真っ白になる。

「ガチガチだな。さすがに、これは抜かないとつらいだろ」

「てめえの、……世話になる、……つもり……は、……ねえ……ん…っぁあ、……あ、あ……」

拒もうとする朝生を、松本はその手の動きによって悦楽へと導いていく。

潤滑剤をどこから入手したのか、それをからめた松本の手はぬるぬるとよく滑った。しかもひどく巧みで、弱い位置に指があたるようにしごいてくる。朝生が反応を示すと、その位置ばかり繰り返し刺激してくる。その刺激に朝生はとろとろにされて、その手に導かれるままに溺れるしかない。

「つん、……ってめ、……やめ…ろ……っ」

――こいつ、……何でこんなにうまい……。

拒もうとする声にさえ甘さが滲み出していることに気づいて、朝生は歯を食いしばった。先ほどの男たちもうまかったが、松本はそれを遥《はる》かに超えてうまい。ただ手でしごかれているだけなのに、頭の中が全て快感に塗りつぶされて、他のことは何一つ考えられない。

「……ん、ん、ん……」

松本の手の中でどれだけ自分のものがはしたなく形を変えているのか、なぞられるたびに思い知らされた。ガチガチに血管を浮かび上がらせたそれは、松本の手の中でどくどくと脈打って爆発のときを待っていた。

手だけであっけなく抜かれそうだったのに、松本はさらにそこに屈みこんだ。

その気配に、朝生は怯えて腰を引こうとした。

「ダメだ、……やめろ、これ以上は、……い……から」

「イク顔見せるのが、怖いのか？」

からかうように笑われる。そんな男に急所をしごかれているなんて悔しくてたまらないのに、吐息がかかるだけでビクッと腹筋を揺らす始末だ。

「どうした？　イきたくないのか？」

なぶるように言われて、朝生はうなずいた。さすがに知っている相手に抜かれるのは、死ぬほど抵抗がある。

「だったら、萎《な》えさせるためにこっちに指を突っこんでやるな」

そんな言葉とともに足を抱えこまれ、先ほどシリコンを押しこまれていた部分を指先でぬぷりと割り開かれた。

思いがけないところを刺激されて、ざわっと全身が鳥肌だった。体内に指を感じたことで、あの男たちにされたときの快感が蘇る。指はそこで潤滑剤を掻き出すように動いた。

「すごいぬるぬるだな。ここもたっぷりなぶられたのか」

言われながら、指がそこを掻き回す。

「ッン……っ、……抜け……」

声が上擦《うわず》った。この命令を聞かなければ、あとでひどい目に遭わせてやる。そんな殺気をこめたつもりだったのに、まるで効果がない。

「こんなところまで、あいつらにいじられたのか。初めてだろ？　指だけか？　それとも、小ぶりのバイブまで入れられた？」

確かめようとするかのように、松本の指はそこで自在に動く。

指が二本体内で開かれ、内部に空間を作られる奇妙な体感に、ぞくっと背筋が震えた。こんな感覚など知りたくなかったのに、含み笑いとともに松本が言ってくる。

「バイブ、おいしかった？」

そのときの感覚を思い出して、ぎゅっと中が締まった。

はらわたを掻き混ぜられている不快感があるというのに、それでも指がうごめくたびにたまらないぞくぞくとした感覚が次から次へとわき上がる。

中の指の刺激だけで性器が反応し、触れられてもいないのにそこがぴくぴく脈打っているのが感じ取れた。それは松本にも見て取れたらしく、感心したように言われる。

「萎えさせようとしたんだが、おまえは素質があるみたいだな」

「素質？」

「そう。……中で感じる素質」

ペニスを模した指が中をリズミカルにうがってきた。ぞくっと粘膜から広がる刺激に、朝生は息を呑んだ。

「んなわけ、………ぁ、……っ、……ある……はずが、……っ」

強く否定したいのに、指が深くまで突き刺さるたびに漏れそうな声を必死になって抑えている今の状態ではそれもできない。

大きく足を広げさせられ、その奥をくぷくぷと松本の指にうがたれている。そんな自分の今の状況が許容できない。どうにか松本の下から逃れたいのに、上手に膝を押さえこまれると逃れられない。

狭いところに指が突き刺さる不快感と窮屈《きゅうくつ》さはあるというのに、それに混じって広がっていくのはまぎれもなく快感だった。性器を直接刺激されているのとは違って、その裏側から幾重もの布を隔《へだ》てられているようなもどかしさはある。だが、その遮蔽物《しゃへいぶつ》の存在がだんだんと感じられなくなってきた。ぞくんぞくんと、身体が震えてならない。

「っん、……っやめろって、……言ってる……だろ……っ」

このままでは、自分がどうにかなりそうで怖かった。

必死になって拒もうとしているのに、その声を無視して松本の指は抜き差しを繰り返す。その指が刺激していく部分に、息が苦しくなるほどの快感をもたらす場所があった。それを知られてしまったらことさら責められそうだから反応しまいとしたのに、松本には全てお見通しだったらしい。

「ここ、か」

喜悦《きえつ》に満ちた声とともに、感じるところを正確にえぐり上げられ、面白いほど腰が跳ね上がった。その足を動けないように押さえこまれながら、なおも指で刺激される。

「ぁ、あ、あ！」

なぞられるたびに電流が背筋を駆け抜け、身体が反り返って勝手に声が突き抜けた。

頭の中が真っ白に染まっていく。

瞼《まぶた》の裏にチカチカと眩しいような閃光《せんこう》が広がり、重苦しいような疼きが腰全体を包みこんだ。おそらく、これを許容した先に純粋な快感がある。

「やめ、……っぁ、あ、あ……」

口も閉じることすらできなくなってだらだらと涎があふれ、太腿が小刻みに震え始めた。

ただその刺激にバカみたいに腰を跳ね上がらせながら、朝生はついに絶頂に達していた。

「っん、あ、あ、……んぁ、……ぁあああ……っ」

意図していなかった急激な絶頂感に身体が投げ出され、失禁したような強烈な射精感にペニスが痛いぐらいジンと痺れた。

強い硬直の後で、全身が弛緩した。

それでもなおも、余韻を宿して全身がひくひくとうごめいている。

そんな朝生の腹に、松本がそっと手を伸ばした。それだけで、敏感になった身体がひくりと震える。松本はタオルで精液を軽く拭き取った後で、その太腿を抱え直す。

それから、中の状態を確認するように、入れっぱなしの指でぐるりと中を掻き回した。

「んぁ！」

まだ敏感になったままの襞が、その刺激に震えた。

さらに松本の指は動いて、柔らかくなった中をくぷくぷとうがってきた。

「つぁ、……やめ……ぁ、やめ…ぁ…ろ……んぁ、……ぁっ」

達したばかりの部分をそんなふうに刺激されるのに耐えられず、朝生は必死になって指から逃れようとした。だが、まともに逃げ場は確保されず、射精しても萎えない性器を握りこまれ、やんわりと尿道口を指でもてあそばれるとただ悶《もだ》えるしかない。

「……う」

「中だけでイったな？」

確認するような声の響きに、朝生は反論できない。イったことで多少は理性が呼び覚まされ、悔しさがじわりとこみ上げてくる。自分でもこんなことになるとは思っていなかった。

だが、松本の指の動きは止まらない。

感じるところから少しずらされていたから先ほどまでの痺れるような強烈な悦楽こそなかったものの、じわじわとそこから広がっていく快感に、朝生はひっきりなしに喘がずにはいられない。

――何だ、……これ。

自分の今の状態が信じられないままだ。悪夢でも見ているのだろうか。いけ好かない松本に組み敷かれて尻に指を突っこまれ、あんあん喘がされているなんて。

「すごいいやらしい身体だな。このまま、入りそうだ」

かすかに上擦った松本の声に、朝生は危機を感じ取った。

入る、というのが何を指し示しているのか、同性同士の行為に無縁だった朝生でも、本能的に理解できた。

――入れる？　入れられる？　松本に？

それだけは我慢できない。嫌だと伝えたいのに、指が中でひっきりなしにうごめくせいで、何も言葉にならない。

それでも、必死になって拒絶の意思を伝えようとした。顔を背けて、その指から逃れようとあがく。

そんな朝生の態度に、松本は逆にそそられたらしい。膝を抱え直して組み敷き直しながら、口説くように囁きかけてきた。

「気持ちいいだろ？　中で指をきゅうきゅうとくわえこんでる。これは、おまえが感じているっていう合図だ。本当は指では足らないんだろ」

その言葉に、身体はその通りだと答えている。

それでも拒もうとそっぽを向く朝生に、松本は上体をさらに覆いかぶせてきた。

全身を布団に縫い止められ、下肢を重ね合わされる。松本は着衣のままだったから、布越しに松本の熱いものと朝生の性器がこすれあった。そうされながらも胸元で先ほどからムズムズしていた乳首に唇を落とされ、舌を這わされる。乳首に刺激を感じた途端、ぞくっと甘い疼きが指をくわえこんだ部分まで広がり、朝生は息を詰めずにはいられなかった。

「っう」

乳首を舌先で転がされながら、反対側も指でつまみ出される。

「入れて欲しいって言うまで、この身体を焦《じ》らしてやろうか」

中から指は抜け落ちていたが、松本はその代わりとでもいうようにきつく尖《とが》った朝生の乳首をたっぷりと舌でなぶってきた。それから、唇をつぼめて吸い上げる。

「ツン、……っぁ、あ」

吸われるたびに、朝生は全身がおののくような悦楽にさらされた。松本のペニスと触れあわされた性器がひくりと脈打ち、擦りあわされる刺激にも快感のボルテージは上がるばかりだ。

こんなふうに松本のなすがままになっている状況が許せない。セックスのときにはいつでも主導権を取りたかったはずなのに、そうはいかない今の状況が朝生を追い詰める。乳首を吸われることに朝生が極端に弱いことを、松本はその反応から読み取ったらしい。舐める動きに、吸う動きを頻繁《ひんぱん》に混ぜてきた。

ちゅ、ちゅっと小刻みに乳首を吸われるたびにぞくんぞくんと胸元が震えてしまう。乳首からの刺激が強すぎて自分から腰を松本に擦りつけずにはいられなくなり、性器からの快感にも追い詰められる。

朝生の身体は次の絶頂に向かって、急速に熱を帯びていく。

「っんぁ、……あ、あ……」

乳首の弾力を楽しむように唇と舌でもてあそばれ、きゅうっとキツく吸われ、軽く歯を立てられた。乳首で感じるなんて知らなかったのに、松本にされると感じてならず、身体の奥底から射精の前兆を思わせる疼きがわき上がってくる。がくがくと震えだす太腿の動きは、自分でも制御できない。

——何だ、これ。

そのことに、朝生は混乱していた。

左の乳首に吸いつく松本の唇から広がる快感がすごすぎて逃れようとあがいてみたものの、肩を引こうとするたびに軽く歯を立てられ、ことさら甘く吸い立てられる。動くたびに下肢で性器が擦れて不規則な刺激が広がった。

すでに太腿や腹筋の痙攣《けいれん》も止まらず、我慢も限界だと全身で感じていた。

その快感に身をゆだねようとしたとき、耳元で囁かれた。

「指の代わりに、突っこまれたいのは何だ？」

その声に、失われた理性の片鱗《へんりん》が戻ってきた。指の抜け落ちた部分が、刺激されずにジンジンと疼いている。そこにとどめを刺して欲しい。この先にある快感を知りたい。

そんなろくでもない誘惑にとらわれそうになる。

全身が、松本に与えられる快感に支配されていた。それでも、心までは陥落したくない。こんなにも感じるのは男たちに飲まされた薬のせいだと自分に言い聞かせながら、朝生はわずかに残った理性が消える前に、懸命に声を押し出した。

「入れ……る、なよ！　入れたら、……殺す……からな」

「強情だね。すごくそそる。もっとぐちゃぐちゃになるまで愛してやりたいけど、その意思だけは尊重してやるか」

そんな言葉とともに大きく広げられていた足の固定が外され、乳首が強く吸われて、歯が立てられた。痛みと混じった悦楽が乳首から広がり、ジンと身体が痺れきった最中に中に指を突っこまれて、感じるところを二本の指で強烈になぞられる。

「んぁ、……！　あっ、あ、あ、あああああ……っ」

ぞくぞくぞくっと痺れが背筋を襲い、その奔流《ほんりゅう》に踏みとどまることができずに射精まで追いこまれた。中にある指をきゅうきゅうと締めつける。放った一瞬に感じた悦楽は、朝生が今までしてきたどんなセックスにも勝るものだったかもしれない。

ガクガクと全身が跳ね上がり、強い絶頂感になかなか現実に戻ってこられなくなる。抜き取られる指が残した甘さを、名残惜《なごりお》しく感じた。

だが、呼吸が整うにつれて少しずつ理性が戻ってくる。

そんな身体に松本がそっと寄り添い、額に口づけてきた。さらにそれだけでは足りなくなったのか、あごをつかんで軽く口づけを繰り返す。

身体から絶頂の余韻が消えず、唇に与えられる刺激を朝生は甘く受け止めてしまう。こんなふうにキスを繰り返されることで、愛されているような奇妙な錯覚すら生まれたが、朝生はそんなまやかしを振り切りたくて軽く首を振った。

薄く目を開ける。

全身がぞくぞくして、頭がボーッとしたままだ。ひどく眠くて、このまま意識を手放したかった。起き上がって着替えなどできそうもない。

だが、朝生はどうにか眠気を押し返してマットに手を突き、けだるく上体を引き起こした。

ここはサウナだ。快感に身をゆだねてしまったが、こんなことをするつもりで入った場所ではない。ようやくその目的が思い出される。

「……あいつ、は……」

「あいつ？」

松本はティッシュの箱をつかんで、朝生に差し出してくる。それで軽く後始末をしながら、朝生は短く答えた。

「梶山」

もともと、サウナに出入りしている梶山が誰と接触しているのか、見張るのが目的だったはずだ。だけど、こんな不本意なことで時間を潰してしまった。

「ああ。……もうやつは、ここから出てる」

「そうか」

汗まみれの身体を、シャワーで洗い流したい。そうするのに最適のブースもあったはずだ。

「今日はもうダメだな」

朝生は頭を抱えこむようにしながら、つぶやく。まるで目的が果たせなかった。おそらく梶山は帰宅して、そろそろ眠りにつく時刻なのだろう。

朝生はため息をついて立ち上がり、松本を残してシャワーブースに向かう。

まだ全身に、悦楽がまとわりついていた。

男とセックスするなんて考えたことなどなかったはずなのに、自分の身体があれほどまでに感じたことにとまどいばかりがある。これからは、世界が違うものに見えてしまいそうだ。

これは、限りない嫌悪の記憶でしかないはずなのに。

どうにか着替えてサウナの外に出たころには、朝生の身体はだいぶまともに戻っていた。ようやく薬が抜けたらしい。途端に腹が減ってきたので、朝生は松本を誘って事務所近くの定食屋に入った。

焼き肉定食を頼んでそれを豪快に掻きこむ朝生を眺めながら、しみじみと松本がつぶやいた。

「もう大丈夫そうだな」

「何がだよ」

先ほどの自分の失態について、よけいなことを言われたくなかった。朝生はことさらキツい表情を作って、松本を牽制《けんせい》する。

だが、先ほど触れあった松本の感触が全身に残っていた。

初めてセックスした後のカップルのぎこちなさのようなものが、自分と松本との間にあるのかもしれない。松本はわりと普通にふるまっているように感じられたが、朝生は松本と何気なく肩が触れただけで、過剰なほどびくつく始末だ。

そんな自分を思うと、反吐《へど》を吐きたい気分になる。

そんな朝生の前に、松本はタブレットを置いた。

「おまえがサウナから出てくるのを待っている間に、あのサウナの経営者について調べておいたんだが」

「経営者？」

梶山は中で誰かと接触しているとばかり思いこんでいて、経営者のことは頭の外にあった。

思わぬ盲点を突かれた気がしてハッとした朝生を見て、松本は自慢気に目を細めた。

「梶山とサウナの経営者――前橋《まえはし》とは、刑務所仲間だ」

思いがけないつながりに、朝生は息を詰めた。だとしたら、梶山があのサウナに通っているのは経営者と接触するのが目的なのか。

「前橋はどんな罪で収監されてたんだ？」

「脱税だな。普通なら懲役《ちょうえき》まで科されないものだが、あまりにも悪質だと判断されたんだろう。一時期、梶山とは同じ房に入っていたこともある」

その情報に、朝生は眉を寄せた。ひどく苦労したあの潜入の意味はどこにあったのかわからなくなって、低い声を漏らした。

「だったら、あのサウナに潜入しても意味はなかったってことか」

「サウナに潜りこむ方針を決めたのは、おまえだけど」

「それは、……そう」

「潜入する前に、おまえが前橋のことについて調べればよかったんだ。まぁ、おまえは肉体を使う派だから、俺は頭脳で応援することにして、他のやつに依頼して前橋のことについて調べてもらったら、おまえがサウナから出てくるのを待っている間に、その相手から返事があったってことだ。いちはやく知らせたかったんだけど、おまえはなかなか出てこなかったから」

くどくど話すのが、どうにもうさんくさい。徒労《とろう》だとわかっていて、あえてサウナに潜入させたんじゃないかという疑いがどうしても拭いきれない。松本のことを信用できないのは、こんなところだ。

それでも確たる証拠がないかぎりは、憎まれ口を叩くしかなかった。

「そりゃ、サウナに携帯とか持って入れねえだろ！　今日は全裸デーだったし。くそ忌々《いまいま》しい全裸デー」

「ギリギリのところで、どうにか助けられてよかったな」

したり顔で言ってくる松本の顔を眺めていると、一発ぶん殴りたくなる。だが、気のいいおっちゃんがやっている定食屋でケンカはできず、朝生は恨みのこもった声で言い返すしかない。

「あれが助けたというのかよ！」

ふざけんな、と言いたかった。妙なことをしてくる相手が、見知らぬ他人から松本に代わっただけで、されたことは同じだ。気まずさから言えば、知り合いだったほうが後を引きそうな気もする。

そんな朝生の態度をチラリと見てから、松本は店員が運んできた五目丼を受け取った。店員が声が聞こえなくなるくらいまで離れるのを待ってから、口を開く。

「そりゃ、あんなエロい顔をされたら、その気がない相手でも手を出したくなるだろうけど、そうか。おまえはどんなピンチに陥ろうとも、見知らぬ大勢の男に犯されそうになってても、助けないほうがよかったって言うんだな」

「助けただけなら、今ごろ礼を言ってた。だけど、その後で妙なことをしてきたのはどこのどいつだ」

あのときのことを思い出すだけで、朝生は顔から火が出るようないたたまれなさを感じる。

世界が変わって感じられるほど、あれは気持ちがよかった。だからこそ、朝生はそれを許容できない。悦楽を与えたのが最愛の恋人などではなく、金のために協力しあっているにすぎない、いけ好かない弁護士だからだ。

納得できないイライラを朝生が抱いているのを感じ取ったのか、松本は軽く肩をすくめた。

「わかった。では今後は、おまえが同じ状況になっても助けない」

「え」

「それでいいんだな」

そこまで断言されると、朝生は少し不安になった。

あのような状況になることは、二度とないと思いたい。だが、今回のことが予期できなかったように、二回目も絶対にないとは言いきれない。

そんなとき、松本に助けを求めることもあるのかもしれない。その可能性がゼロではないことを考えると、ここで完全に拒んでおくことは得策とは思えなくなってくる。

それでも、素直になれるはずがなかった。

「ああ。――その代わり、俺も助けねえからな」

「ん？」

「おまえがどれほどのピンチに陥ろうとも、せせら笑いながら牛丼食って見ててやる」

「最低だな」

「それで結構だ。ただ、今日の中途半端な手助けの礼はする」

「どんな？」

朝生は自分のために頼んであった餃子の皿を、ずいっと松本の前に押しやった。松本の五目丼と同じタイミングで運ばれてきたものだ。

「三つまでだからな」

六個セットだから、それで半分だ。

松本は一瞬あっけにとられた顔をしたが、不意にくすぐったそうな笑みを浮かべた。そのハンサムさに、朝生は不覚にも見とれた。だが、そんな自分に気づいて、ことさら不機嫌な顔になる。

「俺の手助けは、餃子三個分？」

「いらねえなら食うな。その後で、よけいなことをしやがったからな。相殺《そうさい》すれば、これくらいだ」

餃子三個で、百二十円。

ペットボトルの飲みものよりも安い。だが、値段について松本は言及することなく、嬉しそうに餃子に箸《はし》を伸ばした。

「うまいな」

「だろ？」

朝生はせせら笑う。この定食屋の餃子のおいしさに気づいていなかったとしたら、それは一生の損だ。

「次からは自分で頼めよ」

餃子という現物よりも、むしろ情報料だ。

これで借りは返したはずだった。

〔三〕

それから二人は、互いの仕事の合間に梶山の様子もうかがいながら、サウナの経営者について集中的に探ることになった。

重傷を負ったかもしれない被害者をいちはやく見つけ出すつもりが、なかなかの長期戦になったことに焦ってもいる。

事件が発生してから、すでに二週間が経った。重傷だったらもうダメだろうが、助けられる可能性と報奨金を信じて、二人は調査を続けるしかない。

何かと手間のかかる浮気調査で忙しい朝生の代わりに、サウナの経営者の前橋について詳しく調べてくれたのは松本だ。

尾行を終えて夜遅くに戻ってきた朝生は、松本の事務所に呼ばれた。こんなときには、互いの事務所が向かい合わせにあるのはとても便利だ。

「サウナの経営者――前橋の財産について、銀行ルートで調べてみた。やつは親の後を継いで、いろいろな事業に手を出してる。食品加工の仕事もしていて、倒産した工場が平和《へいわ》島《じま》にあった。敷地面積もそれなりにあるから、人一人ぐらいは連れこんで監禁していても、人目につかないはずだ」

「だったら、それをちょっと見に行ってくるわ」

松本だけに調べさせていることで借りを作りたくなくて、朝生は張りこみで疲れきった身体を叱咤《しった》して、その工場に向かった。

倒産して稼働していないはずなのに門はしっかり施錠され、建物の出入り口につけられた監視カメラには赤い光が灯《とも》っている。工場内には電気も通っているようで灯りもあったし、警備員らしき男がうろついているのが目についた。

——あやしすぎるな。

そのことを確認して、朝生は張りこみの準備のために事務所に戻った。探偵だから、張りこみは得意だ。そのためのレンタカーを翌朝から予約して、さらに棚にあったいろんな道具を準備しておく。

すでに深夜だ。松本の事務所の灯りは消えていた。

朝生は今日は帰宅するのはやめて、事務所に泊まりこむことにした。いっそ他にアパートを借りずにここに住みこんでもいいのだが、さすがに住むようにはできていない。バスルームやキッチンがないから、何かと困る。

事務所のソファにごろりと転がり、寝酒を呷《あお》りながら、しばしぼんやりした。

このところ何かと困っているのは、あのときの松本の手を忘れられないことだ。日常的に思い出すわけではないが、こんなふうに心に隙ができるとあの日の悦楽が蘇る。

組み敷かれて、自分の思うがままにならない身体。拒んでもぐちゃぐちゃと、自分の奥まで掻き回してきた指。全身で感じた松本の硬い筋肉。

息苦しいほどの圧迫感や悦楽を思い出すたびに、身体が芯のほうから熱くなるのを感じてならない。

「……っ」

手がそこに自然と向かいそうになって、朝生はその動きを抑えこもうとした。あんな男を思い描きながら抜くなんて、自分が許せない。そんなことをしてしまったら、明日からどんな顔をすればいいのか。

肉体的な悦楽のみならず、それに付随《ふずい》して思い出されるのは、組み敷かれながら見上げたときの、松本の表情だった。あのときの、欲情した熱っぽい表情——。

自分が松本に欲望を抱かれている。

そのことが、本能的に伝わってきた。同性にそんなものを抱かれるなんて、気持ち悪いだけでしかないはずだ。そう嫌悪する感情も確かにあるはずなのに、それでも無条件に身体が熱くなる。

——あの先には、……何があったんだ？

ギリギリのところで松本とつながるのを拒んだのは、正しかったはずだ。

それでも、どこかに未練があった。思い出すと身体が疼いてならず、朝生は我慢できずにジンジンと疼いて熱くなってきた下肢に手を伸ばす。

思い出されるのは、松本のあの手だ。骨っぽくて指の長い、同性の指。感じるところを的確に、淫《みだ》らになぞってきた。

——嫌だった、……はず……なのに。

それでも、たまらなく刺激的だった。

だが、絶対にこんなことをしていることを、松本には知られるわけにはいかない。現実の松本と、あの続きをすることも考えられなかった。

「……っ」

想像の中で松本は、朝生をいやらしくなぶりだす。ペニスをしごく手が自分のものではなくて、脳裏で松本のものに入れ替わり、朝生は乱れていく一方の呼吸をもてあます。

——こんなの……ッ。

早く忘れてしまいたい。

それでもそのあり得ない妄想は、当分頭から離れそうもなかった。


その翌日、早くから張りこみに出かけた朝生は、昼過ぎには成果をひっさげて松本の事務所へと乗りこんだ。

裁判用らしき大量の書類が挟まったファイルを机に積み上げていた松本に近づいて、そこにドローンを乗せる。

顔を上げた松本に向けて、自慢気に言っていた。

「すごい映像が撮れた。刺された被害者の居所を突き止めたぜ」

「本当か」

「ああ」

朝生は次にタブレットを机の上に置いた。そのドローンから外したメモリーを、それで観られるようにセットしてある。

「前橋が所有していた食品工場はな、倒産して閉鎖されていたのに、灯りはついていたし、監視カメラもついていたし、警備の男までいた。正面からだと見つかりそうだったから、夜明けに合わせてドローンを飛ばしてみた」

「手回しいいな。おまえはレトロに見えるわりには、新しもの好きだよな」

「これもレンタルだけどな。もちろん経費に組みこむから、報奨金出たときには精算しろよ」

「被害者は」

「まぁ、見てろ」

朝生はタブレットの映像を再生し始めた。

全部観ても十分ぐらいだ。

ドローンは裏門のあたりから飛び立ち、高度を取って工場の建物に近づいていく。下見したときに灯りがついていた部屋を、ドローンは目指す。

「カーテンの隙間から、中の様子を撮影してみたんだ。撮れたものを、映像解析にかけてみた。それがこれ」

朝生は解像度を上げた映像を、タブレットに表示する。

最初からこれだけを見せれば十分なのだが、こちらの苦労も見せておきたい。合わせて、以前、梶山から預かった被害者のスナップ写真を差し出した。

「こいつが梶山の共犯だと思われる、誘拐された小原。似てるよな」

タブレットの映像は不鮮明だったが、今のところはどう加工してもこれが限度だ。

うすぼんやりと映っているのは、工場の元食堂らしき板張りのだだっ広い部屋にマットを敷いて眠る一人の男だった。中年の小太りで、体格としては梶山にもよく似ている。腕にケガをしたのか、包帯のような白い布を巻いているのが薄闇にボーッと浮かび上がっている。

「顔までよくは見えてないんだけど。腕をケガしているし、小原はあの事件の後から自宅に戻ってない。梶山との関係を考えれば、被害者はやはり小原としか思えねえだろ。二億円強奪事件の共犯者も、こいつに違いないと俺は思ってる」

小原のことはすでに調べた。

梶山と同じ窃盗の常習犯であり、何度か逮捕されて服役もしている。梶山とは二億円事件が起きる前に、刑務所で知り合ったようだ。

「居場所が確認できたのなら、警察に通報だな。傷口が化膿《かのう》したらよくない」

すぐさまスマートフォンを手にする松本に、朝生は焦った。

「待てよ！　今通報したら、報奨金はもらえない」

「ん？」

松本は報奨金のことを忘れていたのか、怪訝《けげん》そうな顔をした。

そんな松本の机の前に立ちはだかって、朝生は声に力をこめた。

「俺の目的は誘拐事件を解決して、被害者を救い出すこともそうなんだが、二億円強奪事件の犯人につながる有力な情報を提供して一千万の報奨金を手にすることにもある。だが、その二つの目的を達成するためには、今の時点で通報するのは得策とは言えねえ。小原は保護されるかもしれねえが、警察から執拗《しつよう》な事情聴取を受けて、小原か梶山のどちらかが二億円強奪事件についてゲロすることもあるかもしれねえだろ。そうなったら、俺に二億円強奪事件の報奨金が入らねえ」

「どうかね。誘拐事件への有力な情報提供をしたってことで、二億円強奪事件の解決につながったって、無理やりこじつければ……」

「バカかてめえは！　俺は警察のやりかたなんて百も承知なんだよ！　情報提供をしても、何かとケチつけて値切ったり削ったりして、支払わないようにするのに血眼《ちまなこ》になるところだ。報奨金は被害企業が出すからてめえらの懐《ふところ》は痛まないというのに、そういうしみったれたのが染みついてんだよ」

「よっぽど嫌いなんだね、警察が」

呆れたように松本に肩をすくめられる。

それでも朝生は、この状態で報奨金が出るなどという楽観的な希望を持つ気にはなれなかった。松本の机に手を突いて、さらに念を押しておくことにした。こんなところで終わってしまったら、経費の回収もできない。

「いいか。もう一度言っておくが、俺の目的は一千万の報奨金にある。それに同意できねえっていうのなら、てめえはすぐに下りろ。分け前が減るから、俺のほうとしては万々歳《ばんばんざい》だ。だけど、下りても俺の邪魔はすんなよ」

「だけど、人道的にこの被害者を一刻も早く保護する必要が――」

「こいつを見ろ！」

朝生はタブレットに映し出された、小原の画像を指し示した。

「こいつが瀕死《ひんし》の重傷に見えるか？　枕元にはビール。柿ピーにサキイカ。ウイスキーボトルも見える。瀕死の重傷が、そんなのを飲んだり食ったりするか？　くっちゃ寝している優雅な境遇としか思えねえが」

「しかし、立場的には梶山に、とっとと二億の隠し場所を吐け、と詰められているところかもしれないだろ」

「俺たちが尾行している最中、梶山が一度でもここに来たか？　来てねえよ。つまりは、梶山に依頼されたサウナの主人――前橋か、前橋に依頼された警備員かなんかが、小原から金のありかを聞き出そうとしてんだろ。だが、多少は詰められたところで、自業自得だ。ビールが飲めているんだから、問題ない」

朝生はばっさり切り捨てた。

ここで松本が通報を思いとどまらなかったら、全てが水の泡となる。手を結ぶことになったから、つかんだ情報を隠すことなく提示してきたのだが、こんなことになるのならドローンで小原を見つけたことを知らせなければよかった。

だが、まだ報奨金を諦める気にはなれない。小原は元気そうだからだ。

映像の中の小原の白い包帯を指し示しながら、朝生はさらに説得を重ねた。

「この包帯を見ろ。ちゃんと新しい。つまり、小原はキチンと手当されている。そうじゃねえと、包帯の上までじゅくじゅくと体液が滲んで、ウジがわくからな。だけど、この包帯は綺麗だ。昨日にも巻き直したみたいに、暗闇の中で白く浮かび上がっている」

「まぁ、小原は瀕死の重傷には見えないな」

ようやく納得してくれたのか、松本は軽くうなずいた。

さらに朝生は、ダメ押しするために先ほどドローンで撮影した動画を松本の前で再生し直す。わかりにくかったが、小原が寝返りを打つところがある。瀕死の重傷だったら動きはもっと違うものになるだろうと、説得し続けた。

「じゃあ、しばらくは猶予はあるか」

ようやく松本がそんなふうに言ってくれたので、朝生はホッとした。

朝生にも人道的な配慮という考えはある。しかし、今回の場合は被害者が瀕死の重傷にはどうしても見えないのだ。

朝生は軽く机の前で腕を組み、松本を見下ろしながら口を開いた。

「被害者は見つかった。俺たちの次の目標は、『報奨金を得るために、二億強奪事件に関する有力な証拠を見つけること』だ。有力な証拠とは何か。盗まれた金そのものだ」

「まさか、二億円をおまえがそのまま強奪するつもりじゃないよな？」

松本からあやしむような目を向けられたので、朝生はケッと鼻を鳴らした。

「一千万よりも二億のほうが大金だが、そんな金は使いにくい。一千万もらって、大手を振って使うほうが性に合ってる」

「何に使うんだか。まぁ、おまえがまともな人間でよかった」

「ん？」

自分が二億を強奪するろくでなしに見えたのかと、朝生はあやしむ目を松本に向ける。

多少はてっとり早い手を使うことはあるが、基本的に自分は正義の人だ。

そんな自負もあったのだが、松本の目に自分はどんな人間に見えているのだろうか。

「俺がまともじゃねえように見えたことがあったか？」

問い質すと、松本は不意に椅子から立ち上がった。机を回りこんで、朝生との距離を詰めてくる。

パーソナルスペースを確保できないのが落ち着かなくて、朝生はさりげなく離れようとした。すると、松本は無造作に近づいてくる。

朝生がなおも下がったとき、不意に背中が壁についた。これ以上は下がれないことを知って狼狽していると、その退路を塞ぐように松本が壁に手を突いた。

焦って見上げたときに松本の目が楽しげに輝いていたので、あえてこんなふうに朝生に近づいたのだと知る。

「てめえ！」

「何？」

すぐそばまで寄せられた松本の身体の圧力に、朝生は硬直する。

あのサウナでの出来事が、濃厚に思い出された。自慰のたびに繰り返し思い出される。初めてのとまどいの記憶。

「近づくんじゃねえよ、どけ」

「これくらい、かまわないだろ。おまえがやたらと金を欲しがる理由が詳しく知りたい。いったい何に必要なんだ？　このビルを建て替える必要とかあるわけ？」

近づかれるだけでびびっていると知られるのは業腹だったので、朝生は腹に力を入れて至近距離から松本をにらみ返した。

「このビルは、頑丈すぎるほど頑丈だ。ケチつけて家賃下げようったってそうはいかねえ」

「だったら、何でそんなに金が必要なんだよ？　実は別れたかみさんとかいて、養育費が必要とか？」

「はぁあああ？　離婚どころか結婚もしてねえよ、俺は！」

ろくでもない邪推《じゃすい》をされて、朝生は思いきり呆れた声を出した。

「だったら、何だよ？」

「何って、……別にいいだろ。詮索《せんさく》すんなよ」

朝生はキツい調子で言い返す。

にらめばにらむほどに、松本の顔が整っているのに気づかされる。この男は、ここまでハンサムだっただろうか。以前よりも一段と好ましく見えるのはどうしてなのか知りたくて、そのパーツを一つ一つ眺めてしまう。

切れ長の迫力のある目。まっすぐに通った鼻梁《びりょう》の下の、肉感的な唇。この唇とキスしたんだと思うと、その感触がありありと蘇りそうになる。

そのことに狼狽した朝生は、松本の肩を押し返した。

「どけ」

松本がふらつく。

さりげなく逃げたかったのに、乱暴な手を取ったことで負けたような気分になった。朝生はそのまま歩いて、依頼人用のソファにどっかりと腰を下ろし、高々と足を組んだ。

「金はあって困るもんじゃねえだろ！」

「確かにな。一人で事務所を切り盛りするようになると、何かと大変だ」

松本もやってきて、向かいのソファに腰を下ろした。

「てめえこそ、一千万の四割の分け前入ったら何に使うつもりなんだよ？」

「取らぬ狸《たぬき》の皮算用は、しないことにしている」

　こういうもったいぶったところが、朝生を少しイラッとさせた。眉間に皺《しわ》を寄せながら言ってみる。

「もしもの話でいいから」

「そうだな。……事業拡大か？　多少は広告入れて、依頼人をさばくために事務員でも増やそうかな」

「夢がなさすぎねえか？」

「バカ言え。事業拡大は男の夢だ。とはいえ、今のところは自分の手に余るほどの仕事を受けるのはどうかと思ってる」

「へえ？」

　朝生は話を戻すことにした。

「気になることは、だ。二億円という大金を、小原がどこに隠したかなんだ。隠し場所を梶山に吐いてたら、すでに小原は解放されているはずだ。梶山に、何らかの生活上の変化もあるに違いない」

「梶山の生活に、今のところ変化は見られない。住居を三ヶ所も変えてはいるが、どこも安アパートだし、馬券も百円買いレベル」

　松本もそう言って、まだ梶山が金のある場所をつかんでいないことに同意してくれる。金はどこにあるのか、朝生は気になって仕方がない。

「小原が幽閉されてるあの工場を監視しながら、あらためて小原が住んでた家を徹底的に捜してみるか。梶山が金のありかを求めてさんざん探した後だろうが、あいつにはわからない盲点とか、隠し場所のヒントが見つかるかもしれねえし」

「俺は小原の銀行預金を調べてみるよ。別名義のものがないかどうか調べる。銀行を別名義で開くのはだいぶ難しくなってはいるが、不可能ではないはずだ」

「いいけど、二億円をバカ正直に銀行に預けると思う？　庭に穴掘って埋めてるって線じゃねえの？」

「二億全部は無理だろうが、一部だけなら預けている可能性はあるよ。かさばるし。こういう金を、分散してあっちこっちに置いておくっていうのはあり得る話だ」

「どうだろうねえ。ま、それぞれに調べを進めるってことで」

首をひねりながらも、もしかしたら多少はその可能性はあるかもしれないと思う。

探偵と弁護士。

互いの得意分野が違うから、調べははかどりそうだった。


翌日から朝生は、小原が住んでいたボロい一軒家を徹底的に家捜しすることにした。だが、特にこれといった収穫はない。

木造モルタルの二階建てだ。

狭い庭に面した縁側がどこか懐かしさを感じさせたので、朝生は疲れてそこにぐったりと寝転がった。すると、どこかからやってきた猫が人懐っこくエサをねだってくる。

「ん？」

朝生はむっくりと起き上がった。

古ぼけた首輪をしているが、全体的に薄汚れていて野良猫に見える。だが、ここまで人に慣れているということは、小原が餌付《えづ》けでもしていたのだろうか。

そう思って縁の下をのぞくと、やはりそこにエサ入れと水の容器があった。

――勝手なエサやりはいけないんだけどな……。

そう思って躊躇《ちゅうちょ》していたところ、塀の向こうからご近所らしき老婦人がのぞきこんでくる。不審そうな顔を向けられたので、朝生はにこやかな笑顔を作った。

「ああ、叔父さんがお世話になっています」

「叔父さん？　最近、見てないけど、どうかなされたの？」

「ちょっと病気で。代わりに猫にエサやれって言われてまして」

「ああ、そう。シロちゃん。可愛がってたものね」

――シロちゃん？

この猫はそんな名前なのだろうか。朝生は先ほど家捜ししていたときに猫缶があったのを思い出して、それをエサ皿に出した。

猫をたっぷり撫《な》でた後で、朝生は小原の家を出た。ここに出入りするためには、今後も猫のエサやりという言い訳が有効なようだった。

それから小原がとらわれている工場に向かい、ドローンを使って盗聴器を設置することに成功した。換気のために窓が開いたチャンスに室内にドローンを突入させ、小原に気づかれないように小さな装置だけを古い棚の上に落下させておいたのだ
もちろん、他人の敷地に無断で盗聴器を仕掛けることが法的に認められるはずがない。だからこそ、弁護士である松本には『たまたま盗聴器とかがあの部屋に仕掛けられていて、その流れ電波をキャッチすることに成功した』のだと説明してある。

そんな都合のいい流れ電波があるか、と返されはしたが、朝生は「うるせえよ」の一言で黙らせた。

だが、松本は懲《こ》りることなく「小原の容態は絶えずチェックして、生命の危険があると見たら報奨金など無視してすぐさま警察に通報しろ」と念を押してきた。人道的にも、盗聴器があったほうがいいと判断されたのかもしれない。

――さすがは弁護士だよな。

そんなふうに思いながらも監視を続けて、数日が経過する。今日も時間が許すかぎり、朝生は工場にほど近い路上で、盗聴電波を受信していた。

「おい」

そのとき、いきなり運転席のドアが外から叩かれた。路上に松本が立っている。

「何だよ？」

「差し入れ」

ドアを開くなり手渡されたのは、紙の袋だった。パンの絵が描かれていたので、サンドイッチか何かだと気づく。

「卵サンドか？」

冗談めかせてつぶやきながら開封すると、本当に卵サンドだったから驚いた。

「好みの押しつけだろ？」

言うと、松本は楽しそうに笑った。

「うまいから食え。パストラミサンドはなかった。嫌いだったら引き取るぞ」

その笑顔にドキリとする。あのサウナの夜以来、松本の存在が何かと胸を騒がせるようになっていた。

「いや、もらう」

張りこみを続けていて空腹だったから、助かった。

朝生に飲みものを渡してから、松本は助手席に乗りこんでくる。それが不思議だった。

「今日は俺が朝までの予定じゃなかったか？」

「時間ができたから、朝まで替わるよ」

そんなふうに言われて、朝生はうなずいた。

今日は張りこみではなく、盗聴器で流れてきた電波が受診できる範囲にいればいいだけの仕事だ。松本はその作業に手間をかけさせられているのが、納得できないらしい。

「――にしても、最新の盗聴器なら、受信範囲は無限大とか聞くんだが。何で工場が目視できる距離まで出向かないといけないんだ？」

そのことが引っかかっているらしい。朝生は、バカか、と低くうなった。

「今回の仕事の場合は、報奨金をもらうために、可能なかぎり法律違反にならない方法を取ることにしてんだろ。確かに最新式の盗聴器なら、インターネットにつないだらそれこそ地球の裏側でも受信できる。だけどな、俺たちが受信しているのは流れ電波って設定だ。何年前に設置されたのかわからねえものが流れてくるのを、ありがたく使わせていただいているという体《てい》だから、最新型など使うわけにはいかねえ」

「ああ。……なるほど」

松本は深くうなずいた。

「誰かさんが法令遵守《じゅんしゅ》とうるせえから、あえて手間暇かけてやってんだろ」

「偉いな」

松本が子供を褒めるように、朝生の頭を抱きこんで撫でてくる。いきなりそんなことをされるとは思っていなかったから、触れられただけで鼓動が大きく跳ね上がった。

「よせ！」

慌てて振りほどいたが、なかなか鼓動がもとに戻らない。動揺した顔を見られないようにしながら、朝生は録音機材に手を伸ばした。

「今日はすげえ収穫があったぜ。何と、あの工場にあのサウナの主人――前橋がやってきてさ。小原から二億円の隠し場所を厳しく聞き出すのかと思いきや、めちゃくちゃ親しげだった。仲良すぎて、マズいレベル」

朝生はその該当部分を探して、再生し始める。

最初はよそよそしかった二人だったが、監視役の男が出ていくドアの音がしてからは、びっくりするほど親密な雰囲気になった。

「みっちゃん」「よしちゃん」などとあだ名で呼びあい、サウナの主人は差し入れにプリンを渡している。

先ほど聞いたときにはわからなかったが、会話の間に交じる『ちゅ、ちゅっ』という濡れた音は、キスの音ではないだろうか。ゾッとして朝生は、途中で再生を止めた。

「な。野球の話ばかりで、大したことは話してねえんだが」

「意外なほど親しげだな」

「気味悪くてたまらねえんだが、あれはキスの音だと思うか？」

「だろうな」

肯定《こうてい》されて、朝生は背筋がぞくぞくするのを感じた。前橋はあのようなサウナを経営しているぐらいだから、同性が好きなのだろうか。梶山も同類だから、三人はその手の趣味でつながった仲間ということになるのか。

そのあたりを整理したくて、朝生は口にした。

「どういうことだと思う？　サウナの主人――前橋は、梶山の刑務所仲間だった。小原も、梶山がその前に収監されたときの刑務所仲間だ。だけど、前橋と小原のつながりが見えてこない」

　考えこんでいると、松本がスマートフォンを手元に引き寄せた。その中に資料がいろいろ入れてあるらしい。何やら検索してから、おもむろに口を開く。

「梶原と前橋は同じ房だったが、先に出所したのは前橋だ。一緒にムショにいたときに、前橋は梶山から、二億円強奪事件の話を聞いていたんだと仮定する」

「ああ」

「だとしたら、娑婆《しゃば》に出た前橋はさりげなく小原と接触するかもしれない。何せ、二億円強奪事件を起こした、梶山の共犯者だ。ほとぼりが冷めるまで、どこかに隠しておこうと二人で話していたそうだから、まだ金が丸ごと残っている可能性がある。前橋はそのおこぼれにあずかりたくて小原と親しくなり、深みにはまる。いい仲になる。――そんなとき、梶山が出所する」

「うん？」

　朝生は相づちを打った。

　サスペンスっぽい。

　登場人物は、どれも小太りで頭が寂しくなってきた中年男性ばかりだが。

「梶山は前橋がよけいなちょっかいを出してることなど知らず、小原を探し出して二億円の分け前を払えと脅す。それを渡す渡さないと揉み合いになったあげく、梶山はナイフで小原を刺して、そのまま身柄を拘束した。何がなんでも小原に二億円の隠し場所を吐かせなければならないからな」

「なるほど」

朝生は聞き役に徹《てっ》していた。松本の話が正しいという証拠は何もなかったが、ここまでは納得できる話だ。

朝生の態度に気をよくしたのか、松本は続けた。

「だが、梶山には傷ついた男をかくまうだけのスペースはなかった。住まいはボロアパートだ。そんなときに、助け船を出したのが前橋だ。いい仲になった小原を助けて、自分も二億円の分け前にあずかりたいがため。その下心を隠して、梶山を手伝うと言い出した」

「ん？　梶山は前橋が自分の味方だと思ってたわけだよな？」

「ああ、つまり前橋は梶山の前では梶山の味方のふりをして、小原の前では小原の味方のふりをしてたって考えるのはどうだ。まだいろいろとよくわからないが、この会話を聞く限りではそういう推測が成り立つとは思わないか」

「とりあえず、そう考えてみるしかねえだろうな。だとしても、金はどこにあるのか。小原はおそらく前橋にも金のありかを明かさず、一人で抱えこんでるってことだよな」

朝生は首をひねる。松本がうなずいた。

「金のありかを誰より求めているのが、梶山だ。梶山がどうして小原と直接接触しないのか不思議だが、前橋が防波堤になっているのかもしれないな。おまえは刺すから危険だって。自分が代わりに聞き出すから、しばらくは任せておけとでも言っているのかも」

「まあ、全ては推測だけどな。てめえがそんなに、想像力豊かな人間だとは知らなかったよ」

そのとき、工場の門の前に一台の車が停まって、男が降りてきた。前橋だ。サウナのフロントに座っているのを、見たことがある。門は施錠されているから開閉するのが面倒なのか、門の前に車を停めたまま、前橋は中へと入っていく。

何か面白いことが聞けそうで、二人は無言のまま盗聴器が音声を拾うのを待った。

コワモテの警備員は小原の部屋にはいなかったらしくて、小原にかける前橋の声は最初から親しげだ。

『遅くなって悪かったな。仕事が長引いて。――今日は海鮮巻きにした』

『おいしそうだな』

しばらく海鮮巻きを食べながら、二人のたわいのない話が続く。

そのうち、梶山の話になった。サウナに通い詰めて、小原の様子はどうなのか、何か聞き出せたことはないのか、しつこく迫っているらしい。

早く小原に会わせろと言い出してもいるそうで、それを止めるのが一苦労だそうだ。

『でも、あいつはサウナでお気に入りが出たらしくて、そっちにも夢中だけどな。来るたびにお盛んだ』

その言葉に、小原が驚いたように言った。

『あいつ、心臓が悪かったよな。ぜんそく持ちでもあるって。サウナでそんなことをしていたら、うっかり発作とか起きないのか？』

『あいつが心臓が悪くて、ぜんそく持ちというのは有名だよな。いつでも自分から吹聴《ふいちょう》してて、都合が悪いとぜんそくの発作が起きたふりをしてごまかしやがる』

『そのうち死ねばいい』

何気なく小原は言ったようだが、その後でハッとしたように繰り返した。

『――死ぬ、か』

その声の響きが、盗聴器越しに二人の会話を聞いていた朝生を不安にさせた。

しばらく無言が続いたので、朝生はその間に考えていた。

二億という大金がかかった事件だ。おそらく梶山は、死ぬまで金に執着するだろう。小原を刺して、脅迫するほどの男だ。その男の追及から逃れるためには、死を願うしかないのではないだろうか。

今度は前橋が口を開いた。

『死ぬ――のを期待してしまうのは、いけないことかねえ。あいつは、みっちゃんを殺そうとしたんだぜ。あれには俺も引いた』

『かといって、都合よく死ぬなんてことは』

『いや、――ちょっと待てよ。聞いたことがある』

その不穏な会話に耳をすませながら、朝生は助手席に座る松本に視線を向けた。

松本も真剣な顔で聞き入っている。視線に気づいたのか、何か手で指し示してきたのは、

『これは録音されているか？』という意味なのではないだろうか。

朝生は軽くうなずいて、それに応じた。

――録音は、もちろんされてる。

『バイアグラだ』

不意に聞こえてきた前橋のつぶやきに、朝生は耳を疑った。

――は？

『梶山はうちのサウナに来るときには、よくバイアグラを使っているんだ。もうあまり勃たないんだろうな。使えばすごいギンギンだって、いつも自慢気に話してる』

『そのバイアグラがどうかしたのか？』

不審そうに小原が聞き返す。

『単独で使えば何でもないいけど、一緒に飲むとヤバい薬の飲み合わせがあるのを知ってるか？　バイアグラと風邪薬やぜんそくの薬などを一緒に飲むと深刻な副作用があるとか。下手すると、心臓が止まるそうだ』

『ぜんそくの薬とバイアグラ？　何気なく使いそうだけどな』

『それを飲めば必ず死ぬってわけじゃなくって、運が悪ければ、っていう程度だろうけど』

『病死して……くれれば一番だよな』

しみじみと小原はつぶやく。

その話のなりゆきに、朝生はごくりと生唾を飲んだ。

積極的な殺人計画ではない。運悪く、深刻な後遺症が出るのを期待する、という程度のものだ。だが、一般の人間が殺人をもくろむときは、こんな程度なのかもしれない。

ただの与太話《よたばなし》だと無視することはできなかった。何せこの話には二億円がからんでいるし、梶山は金のありかを聞き出すために小原を刺してもいる。警察もこの二人を探している。

前橋が続けた。

『梶山のぜんそくは、一日ではなかなか治まらないんだってな。一度発作が出たら、その後もしばらく苦しむそうだ。前日にぜんそくが出たタイミングでサウナに呼び出してバイアグラを飲ませたら、もしかしたら』

『だけど、ぜんそくが出たら、サウナには来ないだろ？』

『いいや。梶山は今、ひどくうちの店にはまってるんだ。あいつの好きな企画を使えば、何を置いても飛んでくる』

『あいつは何が好きなんだ？』

『革拘束具かな。革拘束具デーを企画しろって、やたらとうるさいんだよ。だからこそ、そのタイミングで〈おまえのお待ちかねの日にしてやったぞ〉と電話の一本——いや、あいつは電話は使わないから、わざわざ知らせてやらないといけないけど』

『……うまくいくかなあ』

うまくいくとは、朝生にはあまり思えない。二つの薬を飲み合わせたとしても、深刻な副作用が出る可能性は低いだろう。だが、全く心配はいらないと甘く考えることもできなかった。

前橋も同じように考えたようだ。

『うまくいくとはかぎらないが、このままにしておけば、あいつはいずれここまで押しかけてくる。みっちゃんがまた刺される前にやってみる価値はありそうだ』

そこまでで話は終わった。二人は夢から覚めたように話題をそらし、また野球の話に戻っていった。

身じろぎせずにその陰謀《いんぼう》を聞いていた朝生は、軽く息をついてから助手席の松本を見た。

「――どう思う？　本気だと思うか？　殺人計画だぜ」

松本は小原たちの会話を聞きながらスマートフォンで検索していたらしく、その画面に視線を落としながら言った。

「人を殺すには心理的なハードルがあるが、この場合は実際に手を下すわけではないから着手しやすい。人を殺すつもりでいても、その手段が人を殺せるほどではなかった場合には不能犯ってことになるが、バイアグラとぜんそくの薬は危険だとされているな。バイアグラはもともと、狭心症《きょうしんしょう》の治療薬として開発されたものらしい。血圧を下げる効果がある。ぜんそくの薬の中には吸入するタイプと服用するタイプのものがあるが、服用するタイプ

のものだとヤバいらしい。バイアグラとぜんそく薬に含まれる成分が反応しあって、急激に血圧が下がる可能性がある」

「死ぬの？」

「ひどい場合だと、死ぬ。血液の循環が悪くなりすぎて、心臓や肝臓など、生命を維持するのに必要となる臓器への血流が足りなくなる可能性があるそうだ」

「だからって、すぐに通報しろ、とは言うなよ」

朝生は松本を牽制した。

それが不服だったのか、松本は眉をつり上げて朝生を見た。

「何でだ？」

「何でって、ここまでやったんだぜ？　まだ金のありかはわかっていない。今通報したら、今までの苦労がパアだ」

「人命を軽く見るな」

静かだったが、松本の声には厳しさがこめられていた。ひどく批難《ひなん》されたように感じられて、朝生は反発してしまう。

「わかってるよ。だけど――」

「殺人計画だ。警察が介入すれば、犯罪を未然に防げるかもしれない。知っている相手が、みすみす殺されるのを見ているわけにはいかない」

それは確かにもっともではあるのだが、だからといってこのまま無報酬で終われるはずもなかった。

金に固執《こしつ》する自分が、汚い人間に思えて腹が立つ。松本が言うのは正論だし、それに従って生きたほうが良心は痛まない。

それでも、朝生は金を必要としていた。松本だって、それほど余裕のある経営状態ではないはずだ。金が欲しいくせに、綺麗ごとを言うのがムカつく。口先だけではなく、そのまま警察に行きそうになるのも。

だからこそ、朝生は二度と松本がふざけたことを言い出さないように、腹に力をこめた。

「俺たちはな、慈善事業をしてるんじゃねえんだ。このまま通報したら、どうなる？　警察はわりと適当にあしらって、梶山は小原を刺した容疑では検挙されるだろうが、小原と前橋のバイアグラ殺人計画までは追及されねえぜ。犯罪を未然に防いだはずの俺たちは警察に感謝されることなく、よけいなことをしやがって、ぐらいのノリで説教されて、下手すればこの盗聴の件で追及されてミソがつくだけで報奨金も入らない」

「だから、金のためだけにやってるわけじゃ……」

うんざりしたように松本が言うので、朝生は怒鳴った。

「俺は金のためにやってるんだよ！」

綺麗ごとを言う松本の態度に、はらわたが煮えたぎる。それでも、ここは工場に近かった。対象者に見つからないように慌てて声を抑えながらも、朝生は怒りを声に滲ませた。

「道を歩くときなんぞに、ばあさんやじいさんの荷物を持ってやったり、手を引くぐらいならかまわない。時間もさしてかからねえし、経費なんてものも自分の労力ぐらいで済む。だけどな。ここまで調査を進めたからには、引くわけにはいかねえんだよ。下りるんなら、てめえ一人だけで下りろ。俺は調査を続行する。邪魔をしたら殺すからな」

本当にぶん殴りたいほどの怒りがあった。

そんな朝生の剣幕《けんまく》に、松本は少し引いたらしい。

何か説得する言葉を探してしばらく無言でいたようだが、諦めてため息をついた。

「殺人計画について聞いたからには、見て見ぬふりはできないだろ」

「とにかく俺の邪魔をするなって言ってんの！　俺だってみすみす殺させるつもりはねえよ。梶山の命は俺が守る。だけど、計画が実行されるまで、まだ時間はあるはずだ。ギリギリまで探させろって言ってんだよ」

金は必要だ。だが、生命と金が天秤《てんびん》にかけられたら、命を取らなければいけないことは朝生にもわかっている。

ただ、時間的にまだ猶予があるはずだ。

「今、出てきた話だ。こいつらがどこまで本気だかわからねえし、どっちかがやめようって言いだしたらそれまでだ。それに、梶山のぜんそくの発作が出なければ、計画は実行されない。小原も元気そうだ。すぐに警察に保護されなければいけないほど、弱っているわけじゃねえ」

「梶山のぜんそく発作が、どれくらいの周期だか知ってるのか？」

「知らねえよ。見張り始めてから一度も、起きたことはねえ。だから、滅多に出ないはずだ」

「だけどな、死人が出てからでは遅いんだ。そのことは、わかってるな」

松本の声は、朝生を諭《さと》すように静かだ。この男は怒れば怒るほど静かになっていくらしい。そのことを声から読み取って、朝生はきつい視線を向ける。

松本は死人がからむような事件に接したことがあるのだろうか。そんなふうに考えてしまうほど、声には実感がこめられていた。

「人の命がかかってる、こんなときにまで金か？」

繰り返し尋ねられて、朝生は言葉に詰まった。

金は重要だ。金は人を殺しもするが、救いもする。金がからんだ事件が多いのは、それだけ金に価値があるからだ。金がなければ、このように探偵を続けることも、弁護士事務所を維持していくことも、ままならない。

「命より金が大事ってわけじゃねえよ。いざとなったら、俺は金よりも命を選ぶ。そのことは約束する」

何でそんなことをわざわざ言わなければならないのかと、腹が立った。

それほどまでに、自分は信用がないのだろうか。

松本が無言のままだったので、苛立《いらだ》ちながらもなおも言葉を重ねずにはいられなかった。

「あいつらが本気だとわかったら、死人が出る前にどうにかするに決まってんだろ！」

「本当だな？　手遅れにしたりはしないな」

どんどんヒートアップしていく朝生とは裏腹に、松本の声は静かだ。だからこそ、朝生はそれに刺激《げき》されて、どんどんヒートアップしていく。

「ならねえよ！　調べるのは、梶山にぜんそく発作が起きるまでだ。起きたら、何もかもかなぐり捨てて、梶山を全力で守る。……それでいいだろ！」

ようやく納得したように松本がうなずいたが、それを見て朝生は奇妙な気分に陥った。

――全力で、梶山を守る？

そんなことは誰にも依頼されてはいないはずだ。

だが、あそこまでタンカを切ってしまった以上は、その約束は守らないわけにはいかない。

松本に乗せられたような気がしてならないが、とにかく二億円のありかを探すのが先決だった。

それさえ見つかったならば、バイアグラだ、ぜんそくだという騒ぎには、巻きこまれないで済むはずだ。


翌日。

何だか納得できないようなもやもやとした気分で、朝生は松本と連れだって、小原の住まいに向かった。

ここには何度も来ている。

何も手がかりになるようなものは見つけられないできたが、それでも足を運んだのは、もはやこれくらいしか手がかりがないからだ。

「今日はてめえが来てくれて助かった」

正直にそう言ったことで、松本は気分をよくしたらしい。

「ん？　新しい視線から探せるか？」

「というより、馬力だな」

「馬力？」

その質問には答えずに、朝生は玄関から上がりこんだ。

木造モルタル二階建て。屋根裏にはネズミがいるし、猫の額ほどの庭がついている。親や祖父母の代に建てられた古い住居だ。

ざっと室内を見回したが、すでに朝生は探すべきところは探しつくしている。六畳間の中央に立って、朝生は宣言した。

「俺としてはお手上げなんだけど、おまえならまた違った視点があるだろうから、一通り探してくれない？　実は縁の下まで潜りこんで確認してあるぜ。掘り返した跡とかは見つからなかった。古い家だからきっちりした基礎があるわけではなくて、家の下に入れるところもあるんだ。だけど、一部狭いところがあって、床下を確認できない。てめえが今日来てくれたからには、畳を上げてそこも確認できる」

「馬力というのは、そういう意味か」

松本が小さく息をついて、室内を見回した。

朝生はにやつきながら、うなずいた。今日は二人だから、畳を上げるなどの力仕事はずっと楽だろう。

畳を一度でも上げたら、埃《ほこり》やその下に敷かれた新聞紙などの様子が変わる。長いこと畳を上げていないか、そうではないか確認して、上げた形跡があるのだったら、その下の地面がどうなっているのかも確認したい。

そこに二億円が埋められている可能性もあった。

「ま、それは最後だ。まずは、探してくれ」

そう言い放って、朝生は邪魔にならないように縁側に出た。

このところ休みなしで疲れていたから、猫のように丸くなって少し休息を取ることにする。ぽかぽかした日で、外気はそう冷たくはない。コートをまとったまま手足を投げ出したが、五分も経たないうちにどこかから猫の鳴き声がしてきた。

「ん？」

身体を起こすと、庭からシロが近づいてくる。来るたびにエサと水を与えていたから、今日も朝生を見つけてやってきたらしい。

足を縁側に下ろすと、身体を擦りつけてきた。そうされると無視することもできなくて、朝生は立ち上がってエサと水を準備する。それが目についたのか、松本がやってきた。

「地域猫か」

「ん？」

「耳が切られてる。地域で不妊手術をしたっていう目印だ」

「なるほど」

だったら、エサを与えても問題はない。

シロが縁側でエサを食べるのを眺めながら、朝生は座り直した。シロはかなり腹が減っていたらしく、食欲旺盛にエサを食べている。

――小原がいないと、シロはエサを調達できねえのか？

果たして、小原はここに戻ってくるだろうか。

あぐらをかきながら、朝生はぼんやりとこの先のことを考える。

今日畳を上げても二億円の隠し場所のヒントが見つからなかったら、諦めるしかないのかもしれない。小原と梶山と前橋のことを、まとめて警察に知らせる。二億円強奪事件のことが発覚したら、小原の拘留《こうりゅう》は長引くかもしれない。そうしたら、シロはどうなるのだろうか。

「――今日、金のありかのヒントが見つからなかったら、通報してやってもいいぜ」

ため息とともに、朝生は告げていた。

家捜しに戻ろうとした松本は足を止め、朝生の隣に座って長い足を引き寄せた。

「どうした？　殊勝《しゅしょう》だな。何より金が必要なんじゃないのか？」

「世の中の人間は、おそらく俺と同じぐらい、金が好きだ」

自分が特殊なのではないと言いたかったのだが、それだけでは松本は納得しなかったようだ。押し黙られたので、いっそ開き直って洗いざらいぶちまけることにした。ここで何の手がかりもつかめずに金が手に入らなかったら、思い描いていた野望も何もかも無駄になる。

「俺は前に、刑事をしてたって言っただろ。新人のときから俺と組んで、捜査の一から教えてくれたおっさんがいたんだよ。俺よりもずっと年上の相棒。でかい事件でその人が殉《じゅん》職《しょく》しちまって、……その子供たちの面倒をちょっぴり見てる」

こんな告白まですることになるとは思わなかった。

祖父が死んだ今、朝生に身よりはない。天涯孤独の身だ。そのことに不満はなかったが、それでも誰かを援助するのは心が安まる。ただの自己満足だとわかっていたが、亡くなった相棒の代わりに見守っていきたかった。

「だけど、警察ならそれなりに金は下りるだろうし、遺族年金もある。血縁関係にはない相手だろ？」

松本は、その事件の名と、殉職した刑事の名前を口に出した。刑事が殉職するケースは滅多にないから、司法試験に合格するような男の頭にはそのような案件についてしっかりインプットされているようだ。

それだ、とうなずいてから、朝生はぶっきらぼうに続けた。

「全く不自由を感じないほど、じゃぶじゃぶ金が出るわけじゃねえよ。そいつの長男は学者になるのが夢で、めちゃくちゃ勉強ができる。だけど、最近は学費が高騰《こうとう》してて、その子以外にも兄弟がいるから、自分の大学受験は諦めたほうがいいんじゃないかって悩んでた。だけど金さえあれば、その夢を諦めなくてもいいだろ」

朝生は月命日のたびに、その家を訪れて焼香《しょうこう》していた。母親は仕事をしていたからあまり顔を合わせることがなく、長男が主に対応してくれていた。たわいもない会話を重ねているうちに、だんだんと聞き出せたのだ。

――細っこい中学生だったのに、あっという間に大学受験だって。

そんな朝生に、松本は心底驚いたようにつぶやいた。

「おまえが金にこだわっていたのは、そんな理由があったのか」

「いっそうちのビルを売っぱらうって手もあるんだが、そうしたら俺が食っていけなくなる。相続税を払うための借金の担保にもなってるから、自由にはできない」

「食い扶持《ぶち》を手放したらおしまいだ。あのビルはボロいけど、立地条件に意味がある。極端なことを言えば、あの看板に」

「だな」

朝生も同じ意見だった。松本はしみじみとため息をついてから、思わぬことを言い出した。

「金さえあれば、若者の将来が輝くはず、か。その志《こころざし》は買うけどおまえ、その話には重大な欠点がある」

「どういうことだ？」

「この事件がめでたく解決して、報奨金がもらえることになったとしても、その支払いがどれだけ先になるのか、わかっているのか？」

「え。すぐじゃねえの？　宝くじみたいに、すぐに換金できるつもりでいたんだけど」

その返事に、松本はあからさまに呆れた顔をした。

「ずっと先だ。お役所仕事がどれだけ時間かかるか、多少はわかるだろ」

「だったら、ここで金入手しても、無駄ってこと？」

ぎょっとして聞き返すと、松本は逆に聞いてきた。

「そいつは、今、いくつだ？」

「高校二年」

「いますぐ事件が解決したとしても、支払いまで数年はかかるだろうな。認定されるまでに、まずは半年から一年。支払われるのは、さらにその半年から一年後……」

さすがに弁護士の言葉だけに、嘘を言っているとは思えなかった。現実の厳しさに、朝生は固まる。

「そんなにかかるのかよ？」

「先例を考えたら、おそらくそれくらいだ」

「は……」

朝生は頭を抱えて、盛大にため息をついた。

だったら、自分がしてきたことには全く意味がなかったのだろうか。

次の月命日が、五日後に迫っている。メドがついたら、学者になる道を諦めることはないとその子供に話すつもりだった。

いきなり突きつけられた現実が、受け止められない。

だが、そもそも報奨金が入るという保証も何もないのだ。二億という金がどこかに隠してあるはずだが、その手がかりもつかめない。

朝生はしばしぼんやりとした。

松本はそんな朝生を縁側に残して、家捜しに戻ったようだ。

シロはその間にすっかりエサを食べ終え、もっと、とねだるようにニャンと鳴いた。追加する代わりに、朝生はシロを少し撫でる。前よりさらに薄汚れて見えたので、健康状態が心配だった。

見るたびに、痩《や》せていくようだ。毛並みは飼い猫とは思えないほどパサパサだ。首輪はつけていたが野良猫で、野生ではエサを上手に調達できないのだろうか。小原がこの家に戻ってこないことになったら、シロは痩せ細って死んでしまうかもしれない。

そう思うと見捨てられなくなって、朝生は小さくつぶやいた。

客も多い。

「おまえ、うちのコになるか？」

自分の事務所なら、猫を飼っても問題はない。猫が苦手な客もいるだろうが、可愛がる

シロはタイミングよく、ニャンと鳴いた。

これが返事のように思えた。

だが、その前に首輪を確認しておきたい。ずっと古ぼけた首輪が気になっていた。地域猫の印なのか、以前の飼い主がつけたものか、それとも小原がつけたものなのか。

少し痩せたせいで緩く感じられる首輪に連絡先や名前がないか確認していたとき、朝生はそこに鍵がついているのを見つけた。

——え？　鍵？

普通なら猫の名前の入ったタグを下げるところに、小さな鍵がついている。気になって朝生は、シロの首輪を外した。

松本を呼ぶと、すぐにやってきた。

「猫の首輪についてた。これ、何の鍵だと思う？」

「サウナの貸しロッカーの鍵」

そう言いながら、松本は手に持っていたプラスチックの丸いタグを見せた。そこには「サウナ　ニューロマンス　9」と彫りこまれている。「ニューロマンス」とは、前橋が経営するサウナの名だ。

「家捜し中に見つけたんだ。これについてたはずの鍵がどこにあるのか探してたんだけど、……まさか猫についていたとは」

「これがサウナの貸しロッカーの鍵？　どうして、猫がつけてんの？」

朝生のとまどいは消えない。

サウナはフロントで入場料を払うと、手首に巻きつけるタイプのロッカーキーを渡される。

だが、松本が持っているのはそれとは違う。直径五センチぐらいの丸い平べったいプラスチックのタグだ。そのタグには金属の輪がついていたので、松本は朝生が猫の首輪から発見したばかりの小さな鍵をそれにはめこんだ。

見せられると、確かに調和が取れているような気がする。

「サウナの貸しロッカーに、これと同じものが下がってたのを見た。鍵の大きさも、おそらく同じくらいじゃないか？」

松本に言われても、朝生はピンとこない。あのサウナに乗りこむときにはいつでも気を張っているから、まともに観察できていないのだ。

そんな朝生に、松本は根気強く説明してくれる。

「常連さん向けに、石けんやタオルなどを収納しておく小さなロッカーもあっただろ。それを見てないのか？」

「……見たような……気もするけど」

着替えを入れるロッカーの横に、そういえば靴入れぐらいの大きさのロッカーが並んでいたのを思い出す。おそらく、それだ。だが、それにどんなタグが下がっていたのか、まるっきり記憶していない。松本の記憶力のよさに、あらためて気づかされた。

――それに、俺、そのタグ、この家で見たぞ。

家捜しのときに見たはずだ。だけど鍵もついていなかったから、さして重要なものだとは思っていなかった。自分の見落としに気づいて、ハッとする。

「9というのが、おそらくそのロッカーの番号だろうな」

松本の言葉に、手がかりをつかんだ気がして朝生の目は輝いた。

「だとしたら、そのロッカーの中に、何かが入ってるってこと？　けど、金は無理だよな。二億はかさばるから入らねえし、そんなとこ不用心だし」

「猫の首輪につけてあったというのが、気になるな。自分によく慣れた猫に託したつもりだったのかな」

「そういや、梶山は猫アレルギーだって、近所の聞きこみのときに聞いたよな。猫の毛に反応して、くしゃみが止まらなくなるんだって」

「だとしたら、猫に託したのはなおさら意味がある。……まずは、この中身を確かめに行くか」

松本の言葉に、朝生はうなずいた。

今日で最後にするつもりだった。そんなタイミングで手にした、最後の望みだ。

「またあのろくでもねえところに潜入するわけ？」

首輪に他にヒントは残されていないか確認してから、朝生は首輪をシロに返す。

シロを連れて帰るのは、後日にすることにした。

まずは、サウナに行くしかない。

前回のことを考えるとゾッとしたが、このまま引き下がれるはずもなかった。


駅からサウナに二人で向かう道すがら、朝生は梶山を見つけた。道路の向こうを歩いているのは、あの男に違いない。

——まさか、サウナに行くのか？

朝生は自分の横を歩く松本を見る。

松本も梶山を見つけたようで、驚きを隠せない顔をしていた。

二人で自然と梶山を尾行する形になりながら、朝生は囁きかけた。

「今日は、三日に一度のサウナの日じゃねえだろ。監視を始めてから二週間、まだそのサイクルが崩れた日はねえぞ。それが乱れたってことは、嫌な予感がするよな？」

松本もうなずいた。

「もしかして昨日、ぜんそくの発作が起きたってことか。何らかの手段で、前橋はそれを知ったってことか」

　昨日の今日で実行するとは思えなかったが、ぜんそくの発作が起きた翌日、梶山をサウナに呼び出すと二人が言っていたのが気にかかる。

「早すぎねえか」

　朝生のほうとしては、心の準備ができていない。サウナには、貸しロッカーの中身を確認するために向かっていたのだ。

「フロントに行けば、わかるはずだ」

　そう松本が言っていた通り、サウナに近づくとドアの前に表示があった。

「『革拘束具デー』だ」

　呆然《ぼうぜん》と、朝生はつぶやいた。梶山にぜんそくの発作が起きたら、翌日にそのエサで釣ってサウナに呼び出すと前橋が言っていた言葉が蘇る。この表示が出ているということは、前橋はその気だ。今日、梶山が殺される可能性が俄然《がぜん》強くなった。

「守らねえと」

　低く朝生は言うしかない。

　だが、ようやく有力な手がかりを手にしたのだ。この貸しロッカーの中身を確認しないことには、死んでも死にきれない。

　そう思いながらフロントに近づいたとき、そこで前橋と梶山が話をしているのを見かけた。前橋が、梶山に薬を渡している。青色がチラッと見えた。あの特徴的な色は、バイアグラではないだろうか。

――マズい。

そう判断した朝生は、靴箱の陰に引き返して松本に貸しロッカーの鍵を手渡した。

「バイアグラらしきものを、梶山に手渡してた。俺は梶山がそれを飲まねえようにするから、てめえはとにかくこれの中身を」

「わかった」

それだけ打ち合わせてから、朝生はフロントに座っている前橋に近づいた。

金を払いながらさりげなく観察してみたが、少し興奮しているようにも見える。殺人を前に、そわそわと落ち着かないのだろう。何か止める方法はないかとも考えたが思いつかず、とにかく梶山の後を追って、バイアグラを飲まないようにすることしか考えられない。

ロッカーキーを受け取って、朝生はロッカールームに早足で向かった。だが、すでに梶山の姿はない。

――どこだ?

焦った。早くも薬を飲みに行ったのだろうか。自販機もあったが、トイレの横にウォータークーラーがあったはずだ。着衣のままとにかく朝生は梶山を探して、そこをのぞくことにした。

――いた……!

水がないと薬が飲めないタイプらしく、梶山はそこに屈《かが》みこんでいる。水を飲もうとしながら片手を上に上げているから、そこにバイアグラの錠剤を握っているのだろうか。

着替えに手間のかかりそうな革の拘束着を、梶山は中年太りし始めた身体につけていた。服の下に付けてここに来たのだろうか。中世映画で見る雑魚《ざこ》キャラみたいだ。

到底似合っているとは思えないが、本人がそれで満足しているのならとやかく言うことではない。

まずは朝生は両手で、バイアグラを持っている梶山の手をぐっと握りこんだ。

「あれ？　こんなところで会うなんて、奇遇ですねえ」

親しげに話しかける。

梶山は朝生の元依頼人だったから、お互いに顔を知っている。小原の行方を捜し当てるために、梶山は朝生に依頼したのだ。

それが二億人強奪事件とつながっているとも知らず、朝生はその手助けをした。

――だけど、人を刺すタイプには見えないんだよな。

いつでもにこにことして、笑顔を欠かさない男。その笑顔にはどこか得体の知れないところがあったが、ただの小心なオヤジだと思っていた。自分の観察眼をもっと鍛えなければ、と朝生は思う。

腕をガッチリと握りこんだまま顔をのぞきこむと、梶山はギョッとした顔をした。

ここは同好の士が集まるサウナだ。いるのは同類ばかりだという前提があるからこそ、知り合いに会うと焦るのだろう。しかも、梶山は革拘束具デーに合わせて、こういうところでしか許されない服装をしていた。

「えっ、あっ、そ、そのっ」

こんなところで顔を合わせたのだから開き直ればいいのに、梶山はそうもできないらしい。どうにか言い訳しようと無防備になった梶山の手がふと緩み、中から青い色が見えたのをめざとく見つけて、朝生はその錠剤を奪い取った。

「何だよ、こんなの持ってたんだ。バイアグラ。勃たねえの？　もらっちゃお」

そんな言葉とともに、朝生は梶山の返事も聞かずに口に放りこむ。

飲んだふりをして、梶山から取り上げるだけのつもりだった。だが、勢いあまって飲みくだしてしまったことに朝生は焦る。

――え、俺、飲んだ……？

二十八歳の朝生としては勃起不全に悩むことはなかったから、バイアグラの世話になろうと考えたこともない。だが、勃ちっぱなしになるとか、すごく効きすぎて困るという話は知り合いから聞いたことがあった。

――ヤバいかな？

そうは思ったが、トイレに行って吐き出そうにも梶山から一瞬たりとも目を離すわけにはいかない状況だ。いつまたフロントに戻って、前橋からバイアグラを受け取るかわからない。

いっそこのようなサウナだったら、萎え萎えでいるよりも勃起していたほうがいいのかもしれない。

そんなふうに思い直した朝生の前で、梶山は憤りを露《あらわ》にした。

「ひどいな、君は！」

「ひどいって、……そんなのなくても、どうにかなるんだろ？」

朝生は気のある目を、梶山に向けた。中年のおっさん相手にその気になれるはずもなかったが、演技でならどうにかできるはずだ。絶世の美女を自分のものにしているときのように、甘く愛《いと》しげに見つめる。

そんな朝生の態度に、梶山は目を白黒させた。

朝生は梶山から視線を外さないまま、ご自慢の革拘束具を手でなぞった。

「革、似合うね。今日がそうだなんて知らなかったから、俺は準備できなかったんだけど、最高に似合ってる」

「あ、あんたも、いい身体してるから、似合うと思うよ」

「そうかな。とにかく、着替えてくる。待ってて。他の誰かの誘いには乗るなよ。バイアグラは俺が飲んじゃったけど、代わりに俺の身体を堪能《たんのう》して」

どうにかそれを言いきると、朝生は着替えていた梶山とはビールがある部屋で落ち合うことを約束して、ロッカールームに引き返した。

別れた途端、満面に浮かべていた笑みがすすすっと消えていく。心にもない言葉で相手を口説こうとしたことにげんなりして、血反吐を吐きそうになる。

ロッカールームと貸しロッカーは同じ部屋にあったので、松本はどうしたのかとキョロキョロしていると、背後から出てきた松本にグイと肩を抱き寄せられた。

「おっ」

「男を誘惑する演技が、なかなか上手だな」

耳元で囁かれ、朝生はその吐息だけでもぞわぞわと震えた。

あれを見られていたのかと思うと、朝生はいたたまれない気持ちになる。だが、あれはバイアグラを飲ませないためだ。死人が出ないために必死になっただけで、批難されるいわれはない。

身体をねじって、松本の腕から逃れる。詰問《きつもん》するように、問いかけられた。

「どこで覚えたんだ？　そういうの」

それが彼女の浮気に腹を立てている男のように見えて、朝生は苦笑した。

——何だよ、これ。

おまえは俺のカレシかよ？　と突っこみたい。だけど下手に冗談にできないほど、松本の表情には余裕がなくて、からかうための笑みも引っこむ。

この男と以前、このサウナで淫らな事態になったことを思い出した。それを思い返しながら、どれだけ自慰したのかわからない。他人の指で体内をぐちゃぐちゃに掻き回され、それが気持ちいいだなんて、朝生にとっては天地がひっくり返るほどの衝撃だった。

その事実がいまだに受け止められずにいるのに、身体はその悦楽を思い出し始める。

朝生はあえて松本から視線を外し、ぶっきらぼうに問いかけた。

「で、ロッカーの中身は？　鍵は本当にそこのだったのか？」

「また、鍵が入ってた」

「何だと？」

朝生はその返事に怪訝な声を発した。

松本が握りしめたものを見せてくる。貸しロッカーの中に入っていたというのは、見慣れない鍵だ。平べったい金属の長方形で、銀行名だけ入った素っ気ないカードも添えられていた。磁気テープ部分はあるし、何やら番号は表示されているものの、キャッシュカードとは思えない。そのカードが包んであったメモ用紙には、暗証番号らしき四桁の数字が書き添えられていたそうだ。

「何だこれ」

「おそらく、銀行の貸金庫の鍵だ。このカードと鍵、二つ合わせて使う。暗証番号までつけてあるとは、あいつのセキュリティ意識はどうなってるんだ」

「いざとなったら、前橋とかに引き出してもらおうとでも考えてたんじゃねえの？　それか、本人が忘れそうだったとか。世の中には、そのあたりのセキュリティについて驚くほど適当なやつがいるよな」

朝生は壁の時計を確認する。銀行の窓口は午後三時までだろうが、今は二時を少し回ったところだ。銀行のどの支店だかわからないが、まだ間に合うかもしれない。

「てめえは、まずこの貸金庫の中身を確認しろ。わかったら連絡くれ。俺はここに残って、梶山が妙なもの飲まされないように監視してるから」

「それは俺がする。おまえが銀行に向かえ」

貸金庫の鍵などをぐっと手に押しつけられた。何でここで役割をバトンタッチされるのか不可解で、朝生はそれを受け取らずに押し返す。

「何でだよ？　俺は貸金庫の仕組みなど知らねえし、やりかたわからなくてもたもたしてたら、不審者だと目をつけられそうだ。だから、それはてめえが適任。さっさと行けよ。俺は早く、梶山のところに戻らねえと」

「それはそうだけど」

何故《なぜ》かぐずっている松本の身体を押しのけようとしたそのとき、手首をぐっとつかまれた。

「おまえが心配なんだ」

いきなりの告白に、朝生は鼻白《はなじろ》んだ。この男は何を言っているんだろうか、と考えながら、その顔を見る。その理由に思い当たった途端、いたたまれないほど恥ずかしくなった。

前回のことを思い出したからだ。

大勢の男に囲まれて妙なことをされていたときの朝生の姿を、この男に目撃されている。そのときの自分の姿は、助けにやってきた松本の目にはどのように映ったのだろう。そしてその後、松本に二回抜かれたときの、蕩けるような肉体の記憶が蘇る。あのときから、松本との関係が変わった気がする。

朝生にとっては黒歴史でしかないはずなのに、あのときの快感がずっと身体と心をむしばんでいる。今までに味わったどんなセックスとも異質で、濃密だった――。

だけど、自分が前回と同じ轍《てつ》を踏むはずがない。

「心配なんてする必要はねえよ」

低く吐き捨てた。

あのときは油断していただけだ。全裸で眠りこみ、椅子に拘束されるまで気がつかないなんてどうかしていた。だけど、今回は居眠りなんてしない。それなりに腕にも自信がある。それは刑事時代に実務で鍛えたものだ。

だけど前回のことを思い出すと、尾《び》てい骨のあたりがぞわぞわした。妙なところを触られただけで力が抜けて、本来の力が出せなかった。

怖《お》じ気《け》づいたのを表情から察したのか、松本が説得を重ねた。

「代わってやるから。おまえは銀行に行け」

「だから、俺が貸金庫であやしまれることなく、金を引き出せるはずがねえって言ってんだろ？　適材適所だ。さっさと役割を果たせ」

そう言いきって、朝生はつかまれた松本の手を振り払おうとする。

だが、そんな朝生の肩を、松本がぐっとロッカーに押しつけた。

――え？

思いがけず真剣な顔でのぞきこまれて、朝生の鼓動が大きく乱れた。じっと目を見つめられて、これは何だと狼狽した。どこか焦ったような、そのくせ熱が感じられるまなざし。心から朝生を心配しているのだと思わせる、真摯《しんし》な顔で見られる。

その表情に、淫らなことをしていたときの松本の目が重なった。

――こいつ、何て目で……。

見つめられているだけで息が苦しくなって、じわりと身体が熱くなる。目をそらすことができない。

その目で朝生を縫い止めながら、松本が言葉を重ねた。

「おまえは、……自分がどれだけ狙われるか、自覚がなさすぎる」

「バカ言え」

真剣な顔で何を言うのかと、朝生はようやく緊張が解けて笑った。

自分は絶世の美女でも、肉感的なエロい女性でもない。

いくらこんな場所でも、自分が肉欲の対象になるとは思えないままだ。前回のことで多少は懲りてはいたが、あれはあやまちに油断が重なったからだ。

むしろ人の目を引きつけて、鼓動を騒がせるのは松本のほうだ。

――触られてるだけで、ドキドキする。

これはいったい、何なのだろうか。身体が熱くなって、汗ばんできている。

その骨張った大きな手が身体に触れるだけで、落ち着かなくなる。

だが、梶山をあまり自由にさせておくわけにはいかないと、朝生は焦って松本の身体を押し返した。

「てめえはとっととと、銀行に行け。大金をせしめるチャンスだ」

「わかった。だけど、……気をつけろ」

その言葉を、朝生はせせら笑った。

「てめえこそ、首尾《しゅび》よく中身、確認して戻ってこいよ。閉店までに間に合わないとか、ふざけたことすんじゃねえぞ」

軽く手を打ち合わせて、お互いの健闘を祈る。だが、朝生はふと気づいて尋ねずにはいられなかった。

「貸金庫にさ。二億って入るの？　入っている可能性、ある？」

札束はかなりかさばる。二億という現金は、どれだけの量になるだろうか。貸し金庫にさほど大きいイメージはなかった。

「どうかな。貸金庫といっても、大中小と大きさがあるからな。大きいのなら入るかもしれないが、番号だけではどの大きさかわからない」

「ってことは、貸金庫の中にまた次につながるヒントしか入ってねえって可能性もあるわけか」

「そういうことだな」

「いつ、現金にたどり着くんだろうな」

思わずため息が漏れる。

貸しロッカーの中にあった、貸金庫の鍵。

入れ子のようなこの状態で、どこで二億円の現金に出会えるのかわからない。それでも、ゴールに近づいているのだと思いたかった。


サウナの中には大小さまざまな部屋があって、自販機が並んだ軽食コーナーもある。

そこで梶山と待ち合わせていた朝生は、全裸に腰タオル姿でそこに向かった。

すでに缶ビールを飲んでいた梶山が朝生の身体を舐め回すように見てくるのが落ち着かないが、持参した現金でビールを買い、梶山にも追加で一本差し入れて、丸テーブルを囲むように二人で座った。

梶山はビールを飲みながら、そわそわと落ち着かないように見えた。

朝生が目の前にいるのに、通りすがる男たちをいちいち目で追わずにはいられないらしい。特に興味を示していたのが、革拘束具を身につけた男だ。それにひどく興奮するようで、ぶしつけなほどの視線を浴びせかけている。

そんな態度に辟易としながら、朝生は梶山のどうでもいい武勇伝に付き合うことにした。

必要なのは時間稼ぎだ。あの貸し金庫の中身さえ確認できたら、撤退するか、梶山を警察に突き出すのかの判断もつく。

だが、まずは梶山が新たにバイアグラを渡されて薬の副作用で死ぬことがないように、ひたすら監視しておく必要があった。

その間、梶山に向けて気のある笑みを浮かべていなければいけないのがつらい。

自分に男が誘惑できるとは思っていない。それでもしないよりはマシだと、松本は革拘束具の男に意識を向けすぎて腰を浮かしかけた梶山を引き止めるために、その肉づきのいい腿を仕方なく撫でてみる。

そんな朝生の態度が嬉しかったのか、梶山が満足そうに笑った。椅子を真横に移動させて、親密そうに顔を寄せてくる。

「君が同類だとは、思っていなかった」

「俺は気づいてたぜ。だけど、仕事とプライベートは区別するタチだから。どこかでまたあんたに会えたらいいなって思ってた。まさか、こんなところで会うとはな」

朝生は梶山の腿に乗せた手を、そっと動かす。ぶよっとしたたるんだ肉だ。自分の好みはすべすべとした女性の太腿だというのに、どうして自分はこんな毛の生えたろくでもないものを撫でているのだろう。

朝生から気のある態度を取られているのが誇らしいのか、梶山の鼻息が荒くなっていく。

「ここで君と出会えたのは、天の思《おぼ》し召《め》しってやつかな。私を誘惑するなんていけない子だね。実は前に会ったときから、好みだなって思ってたんだ」

——嘘つけ。

朝生は心の中で吐き捨てる。このサウナで前に見かけたときの相手は、短髪で肉づきのいいクマ男だった。おそらく、それが本来の梶山の好みだろう。

その好みとは朝生はまるで一致してはいないが、向こうから寄ってくるのだったら何でもウエルカムというところなのかもしれない。

「あんたも、俺の好みそのもの」

気のあるセリフを織り交ぜながら、どうにか時間を稼ぐつもりだった。だが、ビールが切れてさらに追加を買いに行ったときに、朝生は体調の異変に気づく。

——あれ？

少し鼻が詰まった感じがするのと同時に、顔が急速に火照《ほて》ってきた。事前にバイアグラの体験談を読んできたが、そんな症状が出るのだと書いてあったような気がする。

効いてくるまで一時間ぐらいだと聞いてはいたが、まだ三十分も経ってはいないはずだ。

——ああ、でも俺、薬効きすぎるんだ。

日常的に健康で、ほとんど薬を飲んだことがないからだろうか。

前回も非合法らしき薬を飲まされて、おかしくなるぐらい感じた。あれも、朝生が薬が効きすぎる体質だったからなのか。

——ってことは、バイアグラもヤバいよな……？

梶山にバイアグラを飲ませないということばかりに集中して、自分がどんな体質かということも忘れていた。そもそも薬を飲まないから、自分がそれに弱いことも忘れていたのだ。

だが、今さら吐いても間に合わない。朝生は困惑しながらビールを二本持って梶山の横に戻った。下肢がもぞもぞして勃ち始める気配を感じ取っている。

朝生に落ち着かない感じがあることに、梶山は気づいたらしい。ニヤニヤ笑いながら、太腿を押しつけてきた。

「どうした？　薬が効いてきたのか？」

そんなことはないと、否定したい。だが、だんだんと下肢が張り詰めていく感覚がある。

「そろそろ、個室に移動しないか？」

そんな誘いをかけられたが、ここはもう少し粘りたかった。早く松本からの連絡が欲しいが、携帯は鳴る様子がない。

「――ビール開けたところだから、これ飲みきらないと」

そんなふうにかわそうとしたのだが、梶山はそんな朝生に焦れたらしい。目の前を通り過ぎた革拘束具の男を目で追い、そちらに乗り換えようと立ち上がったから、さすがに朝生も腰を上げるしかなかった。

「じゃ、……移動するか」

そう言って梶山の腕を抱えこみ、全身で引き止める。

——何か、ムズムズする。

ビールのアルコールとの兼ね合いもあるのか、頭がボーッとして思考力まで鈍《にぶ》っていた。勃起し始めた性器がタオルを押し上げてくるのを感じながら、朝生は肩を抱きこまれて誘導されるがままに個室に移動する。

いざとなったら中年太りの梶山など、簡単に倒すことができるつもりでいた。力では朝生のほうが上のはずだ。

——それに、……どうしようもなくなったら、梶山だろうが愛撫してみせる。前に見たときは、梶山が下だった。おそらくネコだろう。乳首にまで毛が生えた小太りの身体など愛撫したくなかったが、死ぬ気になればできるはずだ。下半身は無理で、上半身だけだろうが。

だけど、想像しただけで気分が悪くなる。梶山に身体を抱かれているだけでも、肌と肌が触れあう感じにぞわぞわしてたまらないのだ。

——何してんだよ、松本。さっさと戻ってこい。そうじゃねえと、梶山の乳首舐め回すことになる……。

朝生を梶山は個室に押しこんだ。

「……っ」

すぐそばの壁に脂肪たっぷりの身体で押しつけられ、朝生はそのぶよぶよとした感触にゾッとした。こんなところに連れこまれてしまったが、どうにかして時間稼ぎをする手はないのだろうか。まともに考えられないほど、頭がボーッとしてくる。

それでも、これは人助けだ、と自分に言い聞かせた。

――けどさ。……ここで梶山を助けることに何の意味があるのかな？

梶山に下半身の硬くなったものを押しつけられているから、朝生は不快さのあまりそんなことまで考えてしまう。ぶっ殺したくなる気持ちを抑えこむだけで一苦労だ。

「いい身体をしてるね」

そんな朝生の気持ちも知らず、梶山は腰のあたりを撫で回してきた。

朝生がぞわぞわしながらも正気でいられたのは、ペニスを探られるまでだった。タオルを腰から外され、勃起し始めたものを直接握りこまれると、ぐっと息を詰めずにはいられない。特に硬度や持続力に困ったことがない朝生だったが、そこが通常を超えて硬くなっているのがわかる。鉄のようだ。

――さすがはバイアグラ。

効果は確かだ。勃起不全で困っているという友人がいたら薦《すす》めてやろうと、朝生はもやのかかった頭のどこかで考える。だが、ぼんやりしてはいられない。梶山がはぁはぁと息を乱しながら、朝生の首筋をべろべろと舐めてくるからだ。

その濡れた生温かい舌の感触が生理的に気持ちが悪く、さすがに我慢できなくてぶん殴ってやろうと拳を握る。時間稼ぎをしなければならないのだが、いい方法を思いついたからだ。

――いっそ、殴って気絶させちゃえばいいんじゃね？

どうしてその手を今まで思いつかなかったんだと、朝生はむしろそのことに驚く。少なくとも、気を失っている間は梶山はバイアグラを飲むことはない。しかもここは個室だから、誰にも自分の犯行を見とがめられない。このまま寝かしといてやるにも、ちょうどいい。

――だったらやらねば。

気絶させるというより、殺してしまいそうな殺気に満ちた朝生だったが、次の瞬間、腰砕けになるような快感が梶山の手に握りこまれた性器から広がった。

「っぁ」

思わず、自分のものとは思えないような甘ったるい声が漏れる。

絶妙な力加減でしごき上げられると、力が抜けて集中できない。ぶん殴るタイミングがつかめずにいる間に、朝生は足をすくわれて床に引き倒され、そのまま足を引っ張られて布団の上に組み敷かれた。

――あれ？　こんなんじゃ……。

力が入らないことこの上ない。

それどころか体重をかけて腰にのしかかられると、その重みが半端なくて払いのけることもできない。身じろぐたびにペニスが擦れて力が抜ける。これでは、戦闘するどころではなく、貞操《ていそう》の危機だ。

そんなふうに朝生を押さえこんで、梶山は不敵に笑った。

「ここは私のお気に入りの個室でね。いろいろ仕込んであるんだ」

そう言って見せつけてきたのは、手錠だった。刑事として使用していたから、これはおもちゃのレベルなのか、それともどこまで本物らしいのか気になって観察している間に、両手首にそれをはめられて頭上に固定されてしまう。熟知している個室だけあって、手錠を固定するための壁の突起の位置まで把握しているようだ。

——え？

あっという間に自由を奪われたことに、朝生は焦った。こんなふうに手を封じられてしまったら、腹筋の力だけで梶山を振り落とさなければならない。だが、この体勢ではあまり力が入るはずもなかった。

「ちょっと、……落ち着け……よ」

一番焦っているのは朝生自身だったが、焦ると逆に相手に言ってしまうのだと知る。

そのとき、何かを染みこませたハンカチで鼻から下を覆われた。

「——っ……！」

また同じパターンだ。これは前回も吸わされたのと同じものだろうか。慌てて呼吸を止めたが、途中で呼吸が苦しくなって、どうしてもそれを吸わずにはいられない。

そんな朝生に馬乗りになったまま、梶山が言った。

「前回は、ずいぶんとここでお楽しみだったようだな。いい身体をしたそそる男がすごいことになっていたって、話題になってたぞ。惜しいことをしたと思って防犯ビデオを見せてもらったが、あれはおまえだろ？　顔まではハッキリ映ってなかったが、ずいぶんとお楽しみだったじゃねえか。今日は布は巻いてないのか？」

――布……？

呼吸をするたびに、朝生はもうろうとしてきた。布とはどういう意味なのかなかなか思い当たらなかったが、ようやく前回、ロッカーキーに巻きつけていた『めちゃくちゃしてもいい』という合図の赤い布のことだと思い当たる。

朝生の顔に押しつけられたハンカチが外されたが、そのときには抵抗力は失われていた。頭がひどくボーッとしているくせに、身体が火照ってたまらない。特にズキズキするほど疼いているのは、性器と乳首だ。

「ずいぶんとキマったようだな。ここなんて、びんびんだ」

そんな言葉とともに、梶山に乳首をピンと弾かれる。その途端、うめいてしまいそうになるほどの甘い疼きが突き抜けた。くすくす笑いながら肉厚の尻の位置を変えて、その尻で性器をやんわりと圧迫してくるのだから、気持ち悪くてたまらない。

「やめ……ろ……」

朝生は喘いだ。

梶山の体重がどんどん重く感じられた。岩石のようだ。

早く松本が戻ってきてくれないと、前回と同じようなことをされてしまうかもしれない。

梶山が嬉々《きき》としてバイブを取りだしたのを見て、朝生は全身を強《こわ》ばらせた。

「……ん、……ぁ、あ、あ……っ」

ぐちゅ、ぐちゅ、とシリコン製のおもちゃが体内で行き来するたびに、朝生の口からとめどなく甘い声が漏れた。

途中で考えるのをやめるほど、朝生はろくでもない事態に陥っていた。

何と、梶山はネコではなくてタチだった。両方なのかもしれない。少なくとも朝生には、突っこむ気満々なようだ。

「……っんぁ、……ぁ、あ」

ぐぃんぐぃんと、バイブが中で暴れている。

ヘッドが強力に中を掻き混ぜるが、おそらく人のペニスよりもだいぶ細身のはずだ。それでも体感的には、中がギチギチに感じられた。

大きく足を広げられ、それで掻き回されるたびに、ぞわっと悪寒が体内を駆け抜けた。こんなことをされることを望んではいないはずなのに、朝生のそこはひどく淫乱にからみついていく。

薬の効果もあるのか、ぞくぞくが止まらない。

バイブを抜き差しされるたびに、中がとろとろに溶けていくのがわかった。その強力なヘッドで襞の力に逆らってぐりぐりと掻き混ぜられるのに感じてならない。

「っん、……っう、あ、ぁ、あぁ……んぁ」

それだけでイきそうになった朝生は、のけぞって震えた。だがいいところでバイブを引き抜かれ、欲しいものが失われた衝撃に息を詰めた。

「っう、……ぁ……、あ、あ……」

イきそこなって、びくびくと身体が痙攣《けいれん》する。

どうしてこんなことになっているのかわからない。

それでも、梶山は朝生を骨抜きにするほど感じさせているのが誇らしいようだ。

「すごいな」

朝生の両足を広げさせて、バイブを抜き取ったところをじっくりと観察してくる。

そこはずっとほぐされ続け、完全に閉じることはできなくなっていた。中にたっぷり塗りこまれた潤滑剤が、ひくりひくりと痙攣するたびにあふれ出している。

そんな部分をじっくり梶山に見られているのだと思うと、内腿まで震えた。

「雌犬の、……淫らな孔になったな。そろそろ、ご褒美《ほうび》をあげよう」

そんな言葉とともに、梶山が自分の下肢を覆っていた革の拘束具を外したのがわかった。

そこから、待ちかねたように性器が飛び出す。それを、梶山は得意気に手でしごいた。

「バイアグラがあったら、もっと君を楽しませてあげられたんだけどね。まぁ、仕方がない。ありのままの私で楽しませてあげよう。しかし、君の淫らな姿を見ると、……いつになくビンビンだよ」

上がりきった息を整えることばかりに意識を奪われていた朝生は、梶山の硬いものの先端を股間に押しつけられてゾッとした。

——嫌……だ……っ！

中をなぶられる快感は嫌というほど思い知らされていたものの、バイブと生身では根本的な違いがある。

どうしようもない嫌悪感を覚えてどうにか逃れようとしたが、両手を手錠でつながれ、下肢をがっしりと抱えこまれた今の体勢では逃げ場がない。身じろぐたびに梶山のものが入り口と擦れて、なおも硬さと勢いを増していく感じさえある。

どろどろになった身体が熱を持ち、そこに何かを押しこまれたいほど疼いてならない。だけど、欲しいのは梶山のものではないはずだ。

——入れられる……と……したら。

朝生はその一瞬に、頭に思い浮かべた。

このところ、ずっと自慰のときに思い浮かべていた相手のこと。

その男の姿が脳裏に浮かんだ途端、朝生は狼狽してそれを消そうとした。

——冗談じゃねえ。……何で、……あいつ……のこと、なんて……。

とにかく、さっさと帰ってこいと朝生は心の中で叫ぶ。

なかなか松本が姿を現さないことが、腹立たしく感じられた。おかげで朝生は守るはずの相手に犯されそうになっているのだ。

今後は反省して箱入りの生娘《きむすめ》のように身を慎むから、今だけでいいから助けて欲しい。

「う」

だが、敏感になった入り口に梶山の熱い性器がさらに正確に押しつけられた。

「入れるよ」

気持ちの悪い猫撫で声に、ぞくっと鳥肌が立った。

不本意ながら男に処女を奪われる。その恐怖に震えるしかない。

「嫌だ、……っ、嫌だ、……松本……っ」

どうしてこんなときに、あの小憎らしい男の名前を呼んだのかわからない。だけど、こんなことになったのは、松本が早く戻ってこないからだ。

だけど、それを口にした瞬間、個室のドアが乱暴に押し開かれた。

「お待たせ」

頭上から振ってきたのは、確かに松本の声だ。そのことに驚いて、確認しようと見開いた朝生の目に映ったのは、朝生の上にいた梶山が引きずり下ろされる姿だった。

「な、……何をするんだ、君は」

全身で抵抗しようとする梶山を押さえこみながら、松本が足を閉じることさえ忘れていた朝生に聞いてきた。

「入れられた？」

最初の確認がそれかとムカつく。だが、おそらく朝生の股間は大変なことになっているだろう。さんざんバイブを入れられてほぐれ、潤滑剤でどろどろしている。

「られてねえよ！　ギリギリだったよ！　てめえがあと一分でも遅かったら、突っこまれてただろうな」

思わず怒鳴りつけると、松本はホッとしたように笑った。その表情があまりにも柔らかかったので、朝生は毒気を抜かれる。

「ともあれ、すごい状態になってるな。落ち着くまで俺が面倒を見てやろう。その間、こいつを黙らせておくか」

松本は何かを探すように周囲を見回す。

梶山が撒《ま》き散らしたバイブなどの道具を眺めながら朝生の手から手錠を外して梶山にはめ、もう一つ見つけ出した手錠で梶山の足も壁に固定すると、その身体を布団で覆い隠した。

それから、朝生を連れて個室を出る。

梶山を残した部屋のドアには『使用中』と表示して発見されないようにしてから、隣の個室へと朝生を連れこんだ。

「大丈夫か？」

松本にそう聞かれたが、自分がろくでもない状態なのは見れば明らかだろう。

バイアグラのせいで勃起したまま、当分はもとに戻りそうもない。

まともに立ち上がることもできず、松本の手を借りて移動する始末だ。布団に朝生を下ろして、松本はしみじみとため息をついた。

「おまえ、ずいぶんな姿だな」

「仕方……ねえだろ。バイアグラ…っ、ぁ、効きっぱなし……」

朝生は布団の上で身体を隠そうと丸まる。それでも、松本が貸金庫で何を手に入れたのか気になっていた。

「すごいものを手に入れたから、まずはおまえに知らせてから警察に行こうと思ってたんだが、これじゃあしばらくは無理なようだな」

松本の手が、朝生の身体の熱を冷まそうとするように頬に触れてくる。そのひんやりとした指の感触が気持ちよくて、朝生は猫のように目を閉じた。

「……少し待て…よ……。貸金庫の中には、何があったんだ？　すげえ気になってるんだけど」

「それは、後のお楽しみに取っておこう。……戻ったら、おまえが梶山といいことしてたことが俺にはひどく引っかかってるんだ。うまくあしらえるはずじゃなかったの？」

下肢だけではなく身体全体を隠したくて、朝生は個室に備えつけられていた薄っぺらな掛け布団を引き寄せた。だけど、身じろぎするだけでも下肢がジンジンと熱くなる。ここは松本に少し出ていってもらって、勃起が治まるまで自分でどうにかすべきだろう。

どんな言葉でそれを切り出そうか考えながら、朝生は熱い息を吐き出した。

「あしらえる……はずっ、……だったんだ、……けど、……信じられねえほど、……身体が熱くて」

「へえ？」

「わけがわからねえ…よ。……力、入らない」

それが正直な感想だった。

松本の前だというのに、今も下肢ばかりに意識が向いてしまう。それも、バイアグラが効きまくって鉄のように張り詰めているペニスではなく、バイブを抜かれて疼く中のほうだ。こんなことになっている自分を許容できない。

「……薬、……抜くから。……出てけ」

朝生は布団にくるまりながらつぶやいた。すぐにでも何かに擦りつけなければ耐えられないほど、下肢がジンジンと張り詰めて痛いぐらいだ。

しばらく席を外してくれると思ったのに、松本は朝生の掛け布団を取り去ってきた。

「……っぁ」

布地が裸体に触れるだけでもキツかった。

そんな状態だというのに、松本は力の入らない朝生の身体をあらためて布団に組み敷き、無造作に膝を抱え上げて、ぐちゃぐちゃになって熱く疼く部分をのぞきこんでくる。

「っ、……触ん……な……っ」

その手や足を払いのけることができない。こんなふうにあらぬところを眺められるなんて、許せないはずだ。松本の視線にさらされるとその部分がことさらぞくぞくして、いっそ指を突っこまれたいと疼いてきた。

――ダメだ。……また、……あんなことに……なるわけには……。

朝生は必死になって自制心を働かせようとした。

松本とは相性がよすぎるのか、その快感が身体に刻みつけられている。その後も何度も繰り返し思い出しながら自慰したことで、記憶が補強されたのかもしれない。松本を前にしただけで、身体がじわじわと熱を帯びていく。

それでも、一過性の肉体の疼きに身を任せるわけにはいかない。

必死にあらがおうとする朝生の足の付け根を、松本は手でなぞってきた。

「すごいことになってるな。……一人で抜くより、人に抜かれたほうが刺激的だろ」

そんなことを囁かれながら、指を押しこまれる。中の様子を探るように指を動かされただけで、たまらない悦楽にそこから全身が蕩けた。

何で松本が相手だと、こんなことになるのかわからない。梶山相手にも感じさせられていたが、それとは何かが大きく違う。

「う、ぁあっ、……んぁ……っ」

「どろどろだな。ここにたっぷりバイブを突っこまれて掻き回されちゃったのか。少し目を離しただけで二度も危ない目に遭うとは、誰の目にもおまえはおいしいものに見えているんだろうな」

　ふざけるな、と言いたい。

　だが、指でぐるりと襞をなぞられただけで、そこから腰砕けになりそうな快感が広がっていく。もっと大きなもので、そこを埋めてもらいたくてたまらなくなっていた。指ぐらいではなく、もっと大きなもの。

　それを思い描いた途端、ひくんと腰が跳ねた。

　ろくでもないもの——松本のペニスをはめられることを思い描いてしまったからだ。一度それが思い描かれると容易には消えてくれず、襞がその悦楽を思い描いてじりじりと灼《や》けた。

　——どういう……ことだよ。

　そんな体験などないというのに、妄想の中の悦楽だけが先走る。むしろそちらの経験が浅いからこそ、ここまで刺激的に思い描いてしまうのか。

　そんな朝生の表情をじっと見定めるようにしながら、松本が問いかけてきた。

「ここ、……どうして欲しい？」

　依頼人を奪い合う向かい合わせの事務所の関係では、聞いたことがないほどの甘い声だ。

　そんな声をかけられたことで、自分は今、松本にとって欲望の対象になっていることを悟る。

　そんなことなどお断りだというのに、どうしてその誘惑に乗ってしまいたいような思い

ないはずだ。
だけど、それはあくまでも刺激的な頭の中だけのお遊びであって、実行に移してはなら
それでも、朝生に絶えず中の悦楽を思い知らせるように指でぐるぐると内側からなぞら
れると、その異様な体感に中がひくついた。後先考えずに肉体の快感に溺れたくなる。
梶山にされたときはどうしても異様な嫌悪感が心にこびりついて消えなかったのに、松
本が相手だとどうしてそうではないのだろうか。
「……っ」
むしろ松本の存在が媚薬《びやく》のように、朝生の身体の熱を煽り立てていた。その指や身体の
感触が、信じられないほど朝生を溶かす。特にその指で掻き回されている部分がひどく疼
いて、妙なものでも使われているのではないかと思うほどだ。
——ここに、……欲し……い……。
声には出さず、朝生は心の中でつぶやいた。熱く張り詰めたものをそこに突き立てられ
ることを思い描いただけで、またひくりと中が収縮する。
「乳首もすごく尖ってるな」
そんなふうに言いながら、朝生の腰をまたぐ形に陣取った松本は、胸元に顔を落として
きた。
硬く尖った乳首にその生温かい舌の感触を感じ取っただけで、胸元がびくんと反り返

る。そんな朝生の震える胸元に吸いついて、松本は何度も乳首を含み直しながら、ちゅーちゅーと音を立ててなぶってきた。

そのたびに、ぞくぞくと腰が溶けるような刺激が広がった。中が疼いて、どうにもならない。

「っあ、……、よせ……」

乳首が異様なほど過敏になっていた。無造作に唇で何度か押しつぶされただけで、朝生は腰を揺らしながら中にある指を何度も締めつけずにはいられない。

「んぁ、……イき……そ……っ」

松本の長い硬い指が、深いところにまで届いて掻き回していく。

ぞくっと震えが広がって、そのままイクのかと思った。だけど、不思議なほどピークに達した快感は爆発せずにギリギリの瀬戸際で持続する。いつもならこんな快感を味わされたら、あっという間に昇りつめて終わるはずだ。なのにただ体内に蓄積される悦楽ばかりをむさぼってしまう。

こんな継続性があるのは、バイアグラのせいかもしれない。

「イケ……な……っ、くそ、……バイアグラめ……っ」

恨めしくうめくと、松本が愛しげに朝生を見て、反対側の乳首に指を伸ばした。

「イケないのは、悪くはないんじゃないか？　もっとたっぷり、この身体を味わいたいし」

どうして自分がそんな言葉を浴びせられているのだろうか。朝生にはそれが不可解だ。どうしてこの小憎らしい男に、ここまで発情してしまうのかわからない。だけど、松本も朝生に発情しているのがそのまなざしや手つきから伝わってきて、そのことが朝生をさらに煽り立てる。

身体だけの関係だとわかっているのに、そんな自分を止めることがかなわず、朝生はぐちゃぐちゃに溶けた体内を二本の指で掻き回され続ける。

「っぁ、……あ、あ、あ……」

さらに反対側の乳首にも指が伸び、こりこりになった粒を引っ張るようにしながらいじられるのがたまらない。唇で乳首を吸われながらそんなふうに指でハッキリと刺激されることで、朝生の身体はますます高みへと追いやられた。

感じすぎて、視界が少しかすんでみえる。

松本とは犬猿の仲だ。客を奪われることが重なったために、朝生はいつでもケンカ腰で松本に接してきた。松本もそれを受けて、朝生への態度はこの上もなくひややかだったはずだ。

なのに、薬が効きすぎて乱れる朝生を見守る松本の目は、このまま流されてもいいのだと錯覚しそうになるほどの熱を感じさせた。

混乱する。もっとひややかに見てくれていい。なのに、そんな顔で見るから混乱して、身体がますます疼いてくる。この身体の中心に松本が欲しい気持ちが抑えきれない。

「……っぁ、……んぁ、あ、ぁ、あ……っあ……」

また乳首に顔を埋められ、弾力のある粒に歯を立てられながら舌先で転がされる。

掻き回されていると、感じすぎて涎があふれた。

――何だ、これ。

今までのセックスは性器への刺激が主で、射精で何もかも終わっていたはずだ。だけど、松本にいじられると身体がどこもかしこも熱くなって、複雑な快感が身体に蓄積されていく。乳首と中での快感がつながり、襞のひくつきが治まらなくなる。

バイアグラのせいで底なしになった快感にわけがわからなくなったあげくに、生殺しの快感がずっと続くことに耐えられなくなった。いっそとどめを刺して欲しくなる。

「つぁ、……、まつ……もと……」

名を呼びながら、朝生はすがるように松本を見た。松本の目が自分をとらえているのを確認した後で、ぎゅっと目を閉じて訴えた。

「……いい、……から」

具体的にはさすがに言えなかったが、これで察してくれるだろうか。

男と生まれた自分が、生きているうちにそんなろくでもないセリフを口走る日が来るなんて想像したこともなかった。

だけど、身体はそうされることを望んでやまない。

口走った途端、この世から消えてしまいたいほどのいたたまれなさにさらされる。どんな反応をされるのか、怖いような気分で待つしかない。だが、松本は何も言わないまま、いつになく強い力で朝生の膝をつかんでぐっと抱え上げてくる。油断していただけに足に力が入らず、大股開きの恥ずかしい格好にされたことに朝生は狼狽した。

「だったら、……そうしようか」

熱を帯びた声にそそのかされて、朝生は松本を見た。松本も、今の朝生と同じくらい、身体の熱に煽られているように見えた。松本は服から取り出した熱いものを朝生のその部分に擦りつけてくる。その硬い生身の感触を直接感じ取って、朝生の身体がぞくっと甘く溶けた。松本のものは、バイアグラで鉄のようになった自分のものと同じぐらい硬く感じられてならない。

それでとどめを刺されることを覚悟して、朝生は息を詰めた。

――こんなのって、……いいのかよ……？

いくらたまらない欲望に流されたからといって、男とするのはやはり抵抗があった。それでもそんな自分を許す気になったのは、先ほど松本の目を見てしまったからだ。何をどう言葉にしていいのかわからなかったが、松本なら許せる気がした。

だが、ふと、とあることを思い出す。

松本は性器損傷だと言っていたはずだ。それは、性交には支障のないものなのだろうか。

「あの、……おまえ……っ、その……」

それを確認しようと声をあげたタイミングで、ぐぐっと身体が強烈に押し開かれた。

くさび形のそれを、じわじわと呑みこまされていく。

「つう、……ぁあ、……あ、あ、あ……」

大きすぎるそれを受け止めきれず、襞が軋《きし》んだ。うまく呼吸ができず、逃れようとガクガクと腰が揺れる。

「大丈夫。……大丈夫だから……、ゆっくり呼吸して」

そんな朝生をあやすように松本が朝生の頬に触れた。そうしながらも、スムーズに入れられるように膝の位置を調整していく。襞がひきつれるような感覚が軽減して、朝生は入りすぎていた身体の力を抜く。

「っん、……んぁあは……っんぁ……」

だが、想像を遙かに超えた質感を持ったものがずっぷりと切っ先を押し沈めているだけで落ち着かない。括約筋が開きっぱなしになって閉じない違和感がすごくて、身じろぎするのもままならない。勝手に声が漏れた。

隙間もなく松本の形に押し広げられていて、密着したものから脈動まで伝わるぐらいだ。くさび形の先端だけでも落ち着かなかったのに、松本は焦ることなくさらにそれを呑みこませていく。どんどん身体がそれで貫かれ、だんだんと感覚のないような部分まで侵略されていくことに朝生は狼狽した。

「……っん、……ぁ、あ……あ……」

限りなく自分が無防備になった気分になる。

腹腔《ふくくう》に不規則な刺激が走るたびに、どうしても中が締まった。

「……入ったぞ、……全部」

確認するような松本の声を聞いて、朝生は閉じていた目を開いた。身じろぎできないほど、中をギチギチにされている。襞がその大きさにとまどって、ひくついているのが感じ取れた。

「すごく……熱いな。おまえの中」

真剣な顔が見て取れる。この状況が照れくさくて、朝生はあえて笑ってみせた。それだけでも、ひどく腹腔に響く。

「キツすぎね？」

「これくらいなら、……大丈夫だ」

この状態で自在に動かれたら死ぬ、と思ったのだが、松本の動きは慎重だった。この男は自分の欲望のままに動くタイプではないのだと思わせてくれたことが、一番の収穫かもしれない。初めての体験になるからこそ、その相手が欲望に駆られた身勝手な動きをするタイプではなくてよかったと心から思う。

——セックスのときには、……その人となりが出るって言うけど。

軽く揺らされるたびに、中の大きさを思い知らされた。

当然違和感はものすごいのだが、それに混じって肉を溶かすような快感がじわじわと広がっていく。そのことに、朝生はとまどうしかなかった。

「う、ぁ……！」

――何だ、これ……。

指とは当然比較にならないほどギチギチにされているというのに、感じるところに擦りつけられるとそこから快感が突き抜け、否応《いやおう》なしに力が抜ける。どこもかしこも脱力してしまって、口から唾液があふれた。中の感覚ばかりにとらわれていく。

そんな朝生を見て、松本が低く囁いた。

「痛いだけ――じゃ、……ないみたいだな」

こんなに感じているのを松本に見抜かれているのは耐えがたいのに、それでも張り出した切っ先で感じるところをなぞられているときには、まともに声も出せない。円を描くように擦りつける動きに、上下の動きが混じっていく。

からみつく襞に逆らいながら、抜かれていく感覚にたまらなくぞくぞくする。

「っう、ぁあああ……あっ」

それから、松本のたくましいものが容赦なく体内を押し広げて奥まで入ってくる感覚に、朝生は声を漏らさずにはいられなかった。

こんなときの顔を見られたくなくて背けようとすると、頬を松本に包みこまれた。

「大丈夫か？」

いつもは冷淡で敵意に満ちているくせに、こんなときだけ気遣いを見せるのが憎らしい。松本にも朝生の余裕のない状態は感じ取れるらしい。細かな反応まで感じ取ろうと、神経を研ぎ澄ませているようだ。

「だい……じょう……ぶ」

腹一杯に詰めこまれた圧迫感がすごかったが、それ以上に感じてもいた。

男は初めてだが、セックスは初めてではない。慣れた様子を取り繕おうとしたが、その最後に松本が大きく動いたので、甘ったるい声が漏れた。

「ぅあ！」

柔らかな中をたくましい硬いもので突き刺されるのがたまらなくて、朝生のペニスにも硬く芯が通る。

「……っんぁ、……ぁ、あ」

根元まで突き刺されるたびに、声が漏れた。

松本は朝生の足を抱え直しながら、だんだんとリズミカルになっていく腰の動きに合わせて乳首にも手を伸ばす。

両手で左右の乳首をつまみ上げ、上にずり上がる身体を引き戻そうとするように引っ張ってきた。

ただつまみ上げるだけではなくて、その合間にぐりぐりと指の間で揉みこまれると、そこからの快感が下肢までつながる。

乳首への刺激に応じて中がぎゅっと締まり、狭くなった体内をガンガンと突き上げられるのがたまらなかった。最初はその挿入感を軽減したくて腰を逃すようにしていたはずが、気づけばより感じるところを擦りつけてしまっている。

「っんぁ、……あ、……あ、あ……っ」

信じられないほど、中がとろとろになっていた。

硬くて大きな松本のものをくわえこまされているだけで、自分が自分でなくなったような感覚がある。中からの刺激がさらに乳首を凝《しこ》らせ、その乳首を胸板に押しこむように押しつぶされると、じわりと快感が下肢の粘膜まで伝わる。

しばらくそのまま揺らされた後で、松本の手が片方だけ乳首から外れて、朝生の膝の後ろをつかんだ。そちら側の脇腹を上にするように、身体を横に倒される。

「っんぁ、……あ、あ、あ……」

今まで刺激されていなかった粘膜を大きくえぐられて、身体が跳ね上がった。感じすぎていた身体は新たな刺激を与えられたことで一気に絶頂まで押し上げられそうになった。イきそうなほど感じて、びくびくっと何度も腰が震えてぎゅうぎゅうと松本のものを締めつける。腰も揺れるほど感じていたのに、最後の放出の瞬間は不思議と訪れずに、ピークに近い快感が継続する。

――あ、……そうか。バイアグラ……。

突き上げられて漏れる自分の声が、朝生には遠く聞こえた。ガクガクと腰が揺れっぱなしになるほど感じていると、呼吸を確保しているだけで精一杯だ。声を抑えると途端に息苦しくなるから、唾液も声も垂れ流しにするしかない。

横向きだと中の孔の形がペニスに沿っていないのか、少し狭くなっている部分がことさら意識された。そこをペニスが通過するとき、ぞくっと感じて身体が震える。張り出した切っ先がどこにあるのか、そのたびに感じ取れた。

「ぁんっ、ふ」

朝生が苦しげにしているのを感じ取ったのか、松本が朝生の足をつかんで今度は俯《うつぶ》せに組み伏せた。体位をまた変えるつもりらしい。

だけど、その拍子に体内の粘膜をぐりっとその大きなものでえぐられて、衝撃に身体が跳ね上がった。

「あっ、ん……っぁああ……」

目の前で閃光が弾け、今度こそイってしまったのかと思った。だが、実際には絶頂は訪れておらず、小さくイき続けるような忘我《ぼうが》の時間の中でペニスをしっかりと背後から入れ直される。

「すごい中、ビクビクしてるな。これでイってないのか？」

松本にも朝生の中のうごめきは感じられたらしく、鉄のように硬くなったペニスをなぞられ、精液が漏れていないのを確認される。

「んぅっふぁ、……っん」

腰を抱えこまれ、馴染ませるようにゆっくりと二往復される。それだけでもまた角度の違う感覚を思い知らされ、くぐもった喘ぎが漏れる。松本の動きがもとのスムーズさを取り戻していく。

　感じすぎて中から力が抜けなくなり、襞とペニスが擦れる感覚がことさら増幅して感じ取れた。抜かれるときには、襞でしごき上げるように力を入れてしまう。そのときのぞわぞわがすごすぎて、朝生は上体を保つこともできなくなり、べったりと肩を布団に落とした。

「は、……は、……んぁっ……」

　ぷつりと尖ったままの乳首が、シーツに擦りつけられる。腰だけを松本に抱え上げられる格好になっていた。疼いてたまらない乳首をどうにかしたくて、朝生は胸元を布地に擦りつけるような動きを繰り返す。

　その動きが目についたのか、松本の手が背後からその胸元に伸びた。指の間に乳首を挟みこまれ、ぎゅっと指の間でくびり出されると、気持ちよすぎて目の前がチカチカする。激しくなる突き上げに合わせて、乳首も乱暴にいじられた。

「っんぁ、……んぁ、……ぁあんぅ……」

　松本もバイアグラを飲んでいるのではないかと思うほど、その動きには終わりがない。放出がかなわないまま、朝生はその突き上げに耐えるしかなかった。体内の粘膜があますことなく、松本にえぐられていく。

　そのことでだんだんと中が開ききってきたのか、今までにないほど深い位置まで松本の切っ先が届く感覚があった。深すぎる部分までえぐられるのは、どうしても恐怖がある。

そのたびにぎゅっと中に力をこめずにはいられず、それがいいのか、ことさら深くされて感じきる。

痛いほどに硬く凝った乳首は松本の指と擦れるだけでも、たまらなく感じるようになっていた。

「は、……は、は、は……」

汗をぽたぽた垂らしながら、朝生はただ松本に揺らされているしかない。

——これって、……何だ？

これは悪夢なのか、実際の体験なのか。現実感がすうっと薄らいでいく。

何より驚くのは、これを受け入れて感じきっている自分だ。

射精の前兆に似たぞわぞわが今までにないほど強くなっていくのを感じ取った朝生は、今度こそイクために松本に合わせて腰を揺らした。感じるところを松本に擦りつけていると、集中的にそこを刺激されて痺れが突き抜けた。唾液も声も、垂れ流しになっている。

「っうぁあ、……ぁ、……んぁ、あ、あ、」

ついに達しそうになってその衝動に身体を任せようとしたとき、不意に動きを止められてガッチリと背後から腰を抱えこまれた。

「……っんあ、あ、……何……」

あと少しで、絶頂に届くはずだ。それを止められたことで、抗議するように粘膜が松本のペニスにからみつき、下腹がひくひくと震える。

背後から松本に抱えこまれながら、朝生の身体は仰向けにひっくり返された。

ぐりっと体内で粘膜がねじれる感覚をまた味わわされて、朝生はうめいた。この強烈な快感にはどうしても慣れることができず、身体がすくみ上がる。

しばらくぶりに、松本の顔が見えた。ただ呼吸を整えることしかできなくて、ぼうっと見とれているとそのハンサムな顔がだんだんと近づいてきて軽く口づけられる。その唇の感触に、朝生は甘く蕩けた。

――何、……だよ、……この、……タイミング。

まるで相思相愛のカップルが、思いを再確認するときのキスみたいだ。

すでに腹の深くまで、松本のペニスをくわえこまされている。そのせいで身体はひどく落ち着かず、松本との身体の間に挟みこまれたペニスが、今にも射精しそうなほど張り詰めている。

だけど頬をなぞられながら、唇に二度目のキスを受ける。すごいことをされている最中なのに、そのキスはひどく甘くて繊細で、何よりもそのキスに感じきった。

松本とは恋人とか、そういった関係ではないはずだ。なのにこんなキスを受けると、どうしても心まで甘ったるく溶けそうになる。

その余韻に酔わされ、唇が離れていったときにまた松本の顔を見た。

松本も朝生を見ていた。互いの本心を探り当てようとするかのようにしばらく動きを止めて見つめあったが、その表情だけでは何も読み取ることができない。人というのは、言葉以外でのコミュニケーションを取ることがかなり難しいのだと思い知らされたとき、腰の動きが再開された。

膝を固定され、大きく開いた足の奥にペニスを叩きこまれる。柔らかな襞をその切っ先にごりごりと擦り上げられるのが悦《よ》くて、先ほど逃したピークを思い止めて、身体が昇り詰めていく。またすぐに中が痙攣し始めた。

「あ、あ……ひっ、うぅ……っぁん、……も、……イク……イク……から……っ」

次も絶頂をはぐらかされることがあったら、耐えられない。その思いで訴える。深くまで押しこまれるたびに何度も腰が跳ね上がり、襞や太腿の痙攣も治まらなくなっていた。

全てを隠すことなく松本にさらしている。その感覚に慣れないのに、気持ちよくもあった。このままイかせて欲しい。

「イけよ」

松本の声がそう告げ、とどめを刺すように奥まで集中的に突き上げられて、朝生はついに絶頂に達した。

バイアグラの効果もあってか、精液が信じられないほど勢いよく、大量にあふれていく。

「っんぁ、あ、あ……」

だからこそ、射精だけでも意識が飛ぶほど感じきった。

だが、達している朝生をもてあそぶように、松本は腰の動きを止めてくれない。絶頂感にひくつく身体を立て続けに突き上げられて、朝生はなおもせり上がってくる新たな絶頂感に喘いだ。その突き上げから逃げたいのに、自分からはまともに動けない。

「っぁ、あ……、あ、あっ。はぁ……っん、あ、……もう……い……から……っ」

なおも小さな絶頂が、突き上げられるたびに立て続けにもたらされた。身体が大きく痙攣し、精液がさらに吐き出されて、声がまともに発せられない。

敏感になった襞に松本の硬いものを感じるだけでも、今はキツい。なのに、なおも動かされて、朝生は訴えた。

「も、……やめ……ろ……って……」

返されたのは、限りなく人の悪い笑みだった。

先ほど愛されているような感覚を覚えたのは、ただの錯覚にすぎないと思わせるような悪人面だ。

「まだおまえのも、全然萎えてないだろ。抜けるまで、付き合ってやるよ」

「よけいなお世話だ」

そう言ったのに、確かめるように松本の手が朝生のペニスをなぞっていく。射精したばかりだったが、確かにそこは少しも萎えてはいなかった。

柔らかくなった中をくぷくぷとえぐられると、新たな快感が広がっていく。

今まで知らなかった未知の快感を、この男に教えこまれる予感がした。

そのまま、何度イかされたことだろう。

途中で射精しているのかしていないのかさえ区別がつかなくなるほど、感じさせられ続けた。

バイアグラは異様に効いて、その間、ずっと勃ちっぱなしだった。

終わったときには、朝生は腰が立たなくなっていた。息も絶え絶えだ。朝生が眠りこんでいる間に、松本は起きだして警察に通報し、懇意の刑事を通じて今回の事件に関する説明を済ませたそうだ。

朝生がサウナの閉店時間である午前五時までにどうにか起きだしてシャワーを浴びて、正気を取り戻したときに、松本からスマートフォンに電話がかかってきて、その旨を説明された。

銀行の貸金庫に入っていたのは、強奪された二億円そのものだったそうだ。かなりかさばる現金が、いくつもの紙袋に押しこまれてみっしり入っていたらしい。それだけではなく、犯行に関係する証拠の品も同じ貸金庫に入っていたそうだ。梶山が入手した警備のシフト表やビルの見取り図、入金される金額などの資料だ。

どうしてそれらを小原は処分しなかったのかと、朝生はその電話を聞きながら思ったが、自分に何かあったときの保険だろうか。

――独り占めしようなんて思わずに、小原と梶山で普通に山分けしたら、こんなふうに事件が発覚することもなかったんじゃねえの？

朝生は電話を切って、サウナで身支度を整えながらつらつらと考える。

二億円強奪事件そのものは、成功したのだ。その後三年が経ち、犯人につながる手がかりも警察はまともにつかめていない。ここで仲間割れさえしなければ、犯行は成功に終わったはずだ。

――まぁ、独り占めしたくなるのが、人の性《さが》か。

サウナを出て少し待っていると、パトカーが現れて玄関前に停車した。それに乗って警察に来るように、と松本から言われている。

すでに梶山と前橋は警察に出頭を求められ、前橋の工場にいた小原のもとへも、保護のために人が向かったそうだ。

まだ日の出前の空を見上げてから、朝生はサウナ前にあった自販機で飲みものを買い、パトカーに向かって歩く。

今回の教訓は、『独り占めはやめて、山分け』だろうか。

報奨金が無事入手できたとして、松本に四割取られるのはやはり悔しい。それでも、一人では手に余る事件だった。松本がそれなりに役に立ったことを考えれば、四割ぐらいは妥当な額だ。

――俺の取り分は、だいたい六百万？　満額で出るかな。

相手は渋い警察だ。まだまだ油断はできない。それでも、弁護士である松本が事件に介入していたし、何より二億円の現金そのものを発見したのはお手柄なはずだ。事件に関する手がかりは万全に押さえたのだから、報奨金はしっかり入手できるのではないだろうか。

朝生は自然と笑顔になった。

全身がギシギシして違和感があり、あんな状態の自分を役得とばかりに抱きまくった松本には恨みもある。だが、金が無事入手できたら、昨日のことは水に流してやってもいい。松本とセックスしたと考えただけで反吐を吐きそうだが、それでも嫌と言うほど味わされた快感は当分忘れられない予感がする。

――あいつと、身体の相性はいい。相性だけは。

心は置き去りにして、身体だけが先行している。あそこまで気持ちよくなければ、まだ理性が働いて拒める気もするのだけれど。

だけど、松本にとって自分は何なのか。

単にそこらにあった食べ物なのか。それとも、もう少し愛のある相手か。

そんなことを考えだす自分に、朝生はケッと声を漏らした。

警察署に到着するなり、朝生は小部屋に押しこまれて詳しく事情聴取をされ、調書を取られた。松本とは顔を合わせないままだったが、これは口裏合わせをされないためだと元刑事だからわかってもいる。

夜になってようやく朝生は解放され、松本も同じころに解放されたと刑事から聞いた。スマートフォンに松本からのメッセージが入っているのを確認して、落ち合うために警察署の玄関に向かう。

聴取は一日では終わらないケースもあったが、朝生と松本は二人とも慣れていたから、調取はてっとり早く済んだ。それでも何かあったら、すぐに呼び出されることになるのだろう。

すでに松本はいて、警察の玄関あたりのソファに座っていた。紙カップでコーヒーを飲んでいたから、それが飲み終わるまでその隣に座って待つことにする。

松本はチラッと朝生を見ただけで、表情を変えずに口を開いた。

「梶山と小原と前橋も、同じように聴取を受けているそうだ。小原は病院で診察を受けたが、感染症とかの心配はないそうだ。容疑が固まり次第、全員逮捕されることになるんじゃないかな」

「ぜんそくの薬とバイアグラを梶山に飲ませて、殺そうとしてた件についてはどうなるんだ？　殺人未遂にならねえの？」

朝生は自分担当の刑事にその話をしたが、反応が薄かったのが気になる。そちらの立件は見送られそうな気配だった。

「未必《みひつ》の殺意が問題になる。バイアグラとぜんそく薬の合わせ飲みだけでは、殺意としてはどうにも弱いな。そんなの知らなかったと主張されればそれまでだし」

「あいつら、梶山を殺そうと相談してたんだぜ？　その録音もあるんだけど」

　朝生はあそこまで苦労して、梶山にバイアグラを飲ませまいとしたのだ。おかげで自分でバイアグラを飲んでしまった上に、梶山に犯されそうになり、さらには松本とやってしまうというよけいなオプションまでついた。その苦労は報われて欲しい。

「どうなるかは、この後の検事局と司法の判断だ。そもそもあの録音は違法になるから、証拠としては採用されない」

「二億の強奪事件はどうだ？　報奨金もらえそう？　おまえの感触はどんな？」

　ずっとそのことが一番気にかかっていた。朝生としても自分を担当した刑事にしつこく問い質していたのだが、パッとしない感触だった。松本がどう判断しているのか知りたい。

「いけるんじゃないかな」

「本当か？」

　朝生の表情が輝いた。

「ああ。いけそうな気はしている。三年間未解決だった事件だし、証拠としての現金もしっかり押さえたんだからな。もしこれで報奨金が出なかったら、俺は弁護士としての力を全て使って警察を訴えてやる。──ただし、やはり問題なのはいつ下りるかだろ」

「だよな」

　朝生はため息を漏らした。

報奨金をのどから手が出そうなほど欲しているのは、元相棒である刑事の忘れ形見の学費を負担したいからだ。なのに支払われるまで二年も三年もかかっていたら、進学に間に合わない。

「まぁ、いつ支払われるのか、しっかりと調べておく。可能だったら、早々に支払ってもらうように働きかけもする」

「頼んだ。目星がついたら、教えろ」

あとは、松本に任せるしかない。

目星がついたら、一度その子と正直に話をするつもりだった。その上でどうするか、その当人に選んでもらうしかない。

「——あと一つ、どうしても気になることがあるんだが」

朝生はおもむろに切り出した。あれからずっと、引っかかっている。最中は切羽詰《せっぱつ》まって追及しきれなかったが、白黒つけておかずにはいられないことがある。

「てめえは自分に、性器の損傷があると言ったな。だけど、実際のところ、俺自身で体験したが、使用には全く問題がない状態だったが」

「あれね」

松本がコーヒーを飲み終えて立ち上がろうとしたが、それだけでごまかされそうな気がしたので、朝生はそのシャツをぐっとつかんで引き止めた。

「答えろよ?」

これは重大なことだった。松本が相手に適当な嘘をついてもかまわないと思うぐらい、自分が軽んじられているのだとしたら、こちらにも考えがある。どうしてあんな嘘をついたのか、しっかりと教えてもらわなければならない。

そんな覚悟でいるのを、振り返ったときに読み取ったのか、松本はソファに座り直した。

「最初は、ちょっとからかうつもりで」

「へえ？」

「俺が性器損傷だって言ったら、おまえがどんな反応を見せるのか、知りたかった。すごくバカにしてからかってくるんだろうって思ってたら、神妙な顔をして、自分がサウナに潜入するって言い出したから、逆に嘘だって言いだせなくなって」

「そりゃそうだろ？　そういうデリケートな話だろ？」

「おまえがそんなにも、デリケートなものをデリケートに扱ってくれるなんて思ってなかったんだよ」

「俺は傍目《はため》から見るよりも、デリケートなんだよ！」

「そうらしいな。……サウナに行かせるのは少々心配だったけど、あそこでおまえがどんなふうに奮闘《ふんとう》するのか、見てみたいようなスケベ心もあった」

「スケベ心、ね」

朝生は変質者を見るような軽蔑しきった目を、松本に向ける。松本は開き直ったのか、にこやかな笑顔を返してきた。

「スケベ心と言っても、おまえがあそこで何かをおっぱじめることを期待してたわけじゃないぜ？　むしろ、幼い可愛い子が、初めてのおつかいを上手にこなせるのか、はらはらドキドキ見守っていたというのに近い」

「ぶっ殺すぞ！」

吐き捨ててやったが、とりあえず松本の真意が理解できて落ち着いた。ちょっとした冗談で言いだしたものの、引っこみがつかなかったということだろう。

だが、そのとき、隣から手をきゅっと握りこまれた。指の力の入りように、何か不思議な予感を覚えて顔を向けると、松本がじっとこちらを見ている。

こんな正視に、朝生は弱かった。どんな顔をしていいのかわからなくなって、よけいに視線をキツくしてにらみ返すことしかできない。

「俺がどうしてそんなことを言い出したのか、……わかるか」

このシチュエーションに先ほどの返答からすると、そこにさらに何らかのプラスの思いがあったとでもいうような意味に思えた。たとえば、朝生に対する特別な思い入れとか。

だが、朝生はそれを素直に受け入れたくはなくて、引きつりそうな顔に物騒な笑みを浮かべた。好意には、こんなふうに返すことしかできない。特にその相手が、自分の仕事を奪うような憎たらしい商売敵《しょうばいがたき》の場合には。

「まぁ、いずれてめえの性器は俺が役に立たないように、徹底的に損傷してやることとする。――メシ行こうぜ」

昼は店屋物を食べたが、すでに夕食の時間を過ぎている。ひどく空腹だった。

「ああ」

松本もうなずく。

握られていた手を強引に振り払って、朝生は立ち上がった。やたらと松本がムードを出してくる感じが苦手ではあったが、不思議とそれは嫌ではない。何度か押されたら、いつか押し切られてしまいそうな奇妙な予感もあった。それだけに、さりげに松本との壁は分厚く、強くしておかなければならない。

手を振りほどきはしたが、食事に誘ってやったのが朝生にとっての最大の譲歩《じょうほ》だ。

事件はこれで、どうにか一段落だろう。

明日からまた依頼人を取りあって、松本とは犬猿の仲に戻ることとなる。だけど、ややこしい事件が起きて誰かの手を借りたくなったときには、自分はまたこの男に話を持ちかけそうな気がした。

——わりと頼りになる。……こいつも、俺のことをどう思ってるかわからないけど。

かつて組んでいた相棒とは違う。独立した個人事業主だ。

松本にとって自分も、何かあったときに話を持ちかけられる相手になっていればいい。

いつでも誰かの、役に立つ人間でありたかった。

〔四〕

二億円強奪事件の犯人が逮捕された件については、逮捕の翌日から大きく報じられることになった。

さすがに自分が関係した事件だったので、松本はそれが扱われている新聞などを何紙も買いこんで事務所でじっくりと読む。

その解決に探偵と弁護士が関わっていたことも、小さく触れられていた。だが、その身元はできるだけ伏せて欲しいと警察に頼んであるから、マスコミも情報をつかめずにいるのだろう。もしバレても、事務所の広告になると考えながら、松本は文字を追っていく。

梶山と小原は容疑を認めて、調べは着々と進んでいるようだ。

それからまた、仕事に忙殺される日々が続いた一ヶ月後。

冬が始まった時期に、松本は朝生を事務所に呼んだ。

思いがけず時間がかかってしまったが、報奨金のことで目星がついたからだ。このところ互いに多忙な日々が続いていて、廊下で立ち話ぐらいしかできてはいない。朝生は猫を飼い始めたようで、その世話にも意識を奪われているようだ。

すれ違うたびに朝生のことは気になっていた。あの事件を通じて、朝生とはぐっと距離を縮められた気がする。乱暴なだけだと思っていた朝生の思わぬ一面が見られたし、何よりその感じやすい身体を隅々まで味わっていた。

──すごく……エロかった。あんなにも感じやすいなんて、想定外だ。

あのときの朝生の濡れた目や、甘い唇や、ぼうっと自分のほうを見上げてきた表情が瞼に灼きつき、一ヶ月経っても消えてくれない。気がつけば、あのときの朝生のことを考えている。もしかしてこれは恋なのではないだろうか。そんなふうに考えざるを得ないほど、朝生のことが気になってたまらない。

こんな相手は厄介だと、松本の今までの経験が警告を発しているというのに。

──何より、ノンケなのが一番厄介。

それでも身体さえ快感漬けにすれば、心は後からでもついてくるはずだ。

朝生にとって自分はどんな感じなのかと、そのあたりのことも気になってきた。だが、相変わらず顔を合わせればケンカ腰でツンツンされている。だけど、その態度に今はいちいち腹は立たなかった。何故なら、松本はそのひややかな態度の裏にある淫らな顔を知っているからだ。

──たまらないな。ゾクゾクする。

素《そ》っ気《け》なく扱われれば扱われるほど、松本の気持ちは日々燃えあがっていく。それでも朝生への対処の仕方を計りかねて、表面的には以前と同じようにひややかな態度を装うことが続いていた。何しろ朝生は、しつこく迫ったらぶん殴ってくるタイプだ。強引にではなく優しく温かな包容力を見せて、いつしか朝生をからめとっていくのがいいだろう。

そう判断したからこそ、松本は朝生を前にしても以前と態度を変えることなく冷静さを取り繕い、さりげない懐柔策《かいじゅう》としておいしいコーヒーと、とっておきのマカロンをその前に置いた。

「今日はわざわざ来てもらってすまないな。あらためて話があって」

だが、朝生は気味悪そうにマカロンを眺めてから、松本の前に押し返した。

「俺さ、マカロンのよさってちっともわからねえんだ。甘くて、ねちねちしてる」

「美味を味わうには、訓練がいるから」

とっておきがすげなく却下されたことにさりげなく傷つきながら、松本はコーヒーをすすった。朝生にはデパ地下菓子ではなく、スーパーの袋菓子のほうがいいのかもしれない。そう判断して棚から袋菓子を取り出し、その前に置く。それでも朝生はさして嬉しそうな顔は見せず、そのくせ食べなければ損とばかりに、ばりばりとせんべいを噛み砕いていく。

――ん？　んん？

その旺盛な食欲を、松本はじっと観察した。外でカロリーをできるだけ摂取しておこうというような、この態度は何だろうか。もしかして食費も節約しようとするほど、子供の学費をどうにかしようとしているのだろうか。

三枚目のせんべいを遠慮なく噛み砕きながら、朝生は口を開いた。

「で、報奨金はどうなったんだよ？　ずっと気になっててさ。十二月に入ったから、進路を真剣に考えなくちゃいけねえころだろ。こないだその子に会って話をしたときには、どうしようか、いまだに悩んでるって言ってた。自分だけのことならがむしゃらに勉強とバイトして奨学金もらいながら大学に行きたいけど、弟たちのことを思えばそれもできないってな。俺は何も言えなくて、……金がどうなるのかわかったら、一刻も早くアイツにも知らせてやりてぇんだ」

「その少年を、実はここに呼び出しておいた。そろそろ到着するんじゃないかな。せっかくだから、一緒に話をしようかと」

「俺との打ち合わせとか、事前に必要じゃねえの？　省略するんじゃねえよ、この手抜き弁護士」

　呼吸するようにナチュラルにののしられたが、その声からは以前にあった氷のようなひややかさは感じられない。

　だからこそ、松本もそよ風でも吹いたかのように受け流して、極上の笑顔を浮かべてみせた。

「手抜きといえばその通りなんだが、一度に説明できたほうがてっとり早いだろ」

　単に日程を合わせたときに、朝生とその学生の都合のいい直近の日程が今日だっただけだ。一瞬悩んだものの、朝生も驚かせたくてサプライズにぶつけることに決めた。

　松本は壁の時計を見上げる。

「進路に関する奨学金について相談したいことがあると言って、その子を呼び出してる。ちゃんと口裏合わせろよ」

「ん？」

朝生がもの言いたげな顔をしたとき、部屋のドアが遠慮がちにノックされた。おそらく、その学生だろう。

松本は素早く立ち上がって、ドアに歩み寄った。こういう場には慣れていないだろうから、ことさら丁寧に出迎える。

やはりそこには制服姿の高校生がいたので、朝生の横の応接用のソファに座るように伝えた。彼のためにコーヒーを準備している間に、朝生とその学生が喋っているのが聞こえてくる。

少年は朝生にはすっかり心を許しているらしく、その姿を見ただけで、硬かった表情が柔らかくなっていた。賢そうな顔をした長身の少年だ。まだ薄っぺらさはあるが、上背は松本と並ぶぐらいある。

――いつかは、こいつが俺のライバルになるのか……？

そんな楽しい想像をしながら、松本は少年の前にコーヒーを置いて、その正面のソファに座った。

朝生が安心させるように少年の手に自分の手をそっと重ねたのを見とがめて、松本はすっと目を細める。何でもない無邪気な励ましだろうが、それが気になるほど自分は朝生のことが気になっているのだと認識する。

――だって、俺にはそんなふうに手を握ってくれたことないものな。

朝生はただのガサツな男だ。そう思って切り捨てられればいいのだが、さすがにこんなふうに顔を合わせていると、ふとしたタイミングに見せる朝生の表情や言動が松本を惹きつけてやまない。

こちらの鼓動を不意に乱すだけでなく、その後もなかなか鼓動がもとに戻らなくなるほどの色っぽい表情を無自覚に見せつけられる。すでに目が離せなくなっている。

――ここまで、重症だったとは。

そんな自分の状態に苦笑しながら、松本は朝生からどうにか目をそらした。

気を取り直して少年に名刺を差し出し、簡単に自己紹介をしてから切り出していく。

「いきなりすまないね。朝生くんから頼まれて、君の奨学金について調べてみたんだが」

捜査の進展を見守り、報奨金がいつ支払われるのかを確認しながら、松本はこの少年の身辺についても調べを進めていた。成績は学年トップで、模試では希望していた国公立大学の理学部のA合格評価を得ている。

生活態度も良好で、幼い兄弟の面倒をよく見るいい子のようだ。まさに、奨学金を出すにはふさわしい優等生に思えた。

――だけど朝生にとっては、きっとこの子がどれだけ素行不良であっても可愛いんだろうな。元相棒の忘れ形見。殉職した相棒の代わりに、自分が成人するまで見守らないといけない気分になってるんだろ？

他の兄弟の面倒も見るつもりなのか？　と思いながら、松本は事前に作成しておいた文書を少年に差し出した。

「あまり知られていないんですが、親を事故で亡くした子供のための奨学金というのがあります。返済義務なしのこの奨学金を使えば、君が希望している大学への学費や生活費もまかなえるはず。上限は一千万。まずは申しこんでいただければ、審査をします。その審査が通れば、心置きなく受験できます。受験のときの費用も、補助が出ます。その説明はこのあたり。概略は今、説明しますから、持ち帰ってお母さんと相談していただけますか」

松本はその文書を元に、詳しく奨学金の制度について説明していく。もちろんそのような公的な制度はなく、あっても一千万上限という高額の支給はかなわない。もっともらしく、奨学金制度をでっちあげておいただけだ。

少年は真剣な顔でそれを聞き、自分がその条件に適合するとだんだんと理解していくにつれて、興奮に頬を紅潮させていった。目もキラキラしている。

話が終わると、少年は身を乗り出した。

「だったら、これ、申しこんでもいいですか」

「もちろん。今日は君に説明しただけですが、必要があればお母さんにも説明しますので、いつでも連絡してください」

さらにいくつか質問した後で、少年は興奮とともに帰っていった。

その少年を朝生と一緒に、ビルの玄関まで送る。少年の後ろ姿が見えなくなるまで見送ってから、朝生が感心したように言ってきた。

「あんな奨学金、俺、知らねえぞ。あんなのがあるんだったら、苦労して報奨金取らなくてもよかったな？」

　本気で奨学金のことを信じこんでいるらしい朝生に、松本はギョッとした。慌てて、言っておく。

「そんなのはない」

「え？」

「一千万もらえる奨学金なんて、今の日本にあるはずないだろ。あっても、その条件はめちゃめちゃ厳しくなるはず」

「だったら、あのもっともらしい説明は、全部でたらめか？　封筒とか書類にロゴもついてたけど。ちっちゃな字での定款《ていかん》もついてたし」

　あのような小道具で騙されるなんて、朝生の純粋さが心配になってくる。

「もっともらしく見えるように、努力はした。だが、それは学生やその母親が騙されるレベルのもので、本職の探偵が騙されていいはずがない。どう調べられても化けの皮が剝《は》がれないように、活動していない法人を使って取り繕うぐらいの小細工もしてあるが、当然、原資《げんし》は俺とおまえの報奨金だからな」

「え？」

　朝生は身じろいだ後で、ハッとしたように言ってきた。

「あ、それも気になってたんだ！　上限、一千万って言ってただろ？　俺の分け前は、最大でも六百万」

残りの四百万はどうするつもりなんだ？　と朝生の目が尋ねてくる。ここぞとばかりに、松本はとっておきのさわやかな笑みを浮かべた。

「足りない分は、俺が出してやるよ」

もともと金が目的ではなく、二億円強奪事件の解決への糸口があるかもしれないと知って関わった事件だ。金が欲しくないといえば嘘になるが、家賃も払えないほど困ってはいない。朝生がこんなふうに人助けに金を使うのを知ってしまったら、自分だけ好きに使うわけにはいかなかった。

――それに、下心。……朝生に近づくための。

朝生がこちらを見る目が、尊敬を帯びるのは悪くない。朝生のようなタイプには、日々じわじわと尊敬を勝ち取るのが有効なのだ。それを感じ取って、松本はニヤニヤしてしまいそうなのをどうにか抑えこんだ。

――こいつ思ってたよりもいいやつじゃん？　と思って、俺を尊敬し始めたな。

どうせあぶく銭《ぜに》だ。若者の将来のために、手放すのは惜しくはない。

それでも四百万をかけたとっておきの効果をさらに有効に使いたくて、松本は手を伸ばして朝生の腕をつかんだ。

「飲みに行こうか。金手放すのに、ちょっとだけ傷心な俺を慰めて」

こんなふうに言えば、朝生は断れないという計算もある。顔をのぞきこんで、どう？と重ねて誘うと、朝生はしかめっ面ながらも仕方なさそうにうなずいた。

「わかった。じゃあ、金取ってくるから。あと、事務所の戸締まり」

階段を上がっていく朝生を、松本は追った。躍動する尻が可愛くて、思わず手を伸ばしてそれを撫でようとした。

だが、そのとき、常軌《じょうき》を逸《いっ》した金切り声が階段に響き渡った。

「待ちなさいよ！」

松本は振り返らずにはいられない。何かに追い詰められた女性が、怒りと苦しみから吐き出したとでもいったような声だった。

玄関ホールに姿を現したのは、まだ若い綺麗な女性だった。見覚えがある。二億円強奪事件を追い始めていたころに、しばらく朝生につきまとっていたストーカーだ。

――確か、心晴とかいう……？

朝生から聞いたことがある。以前、彼女に依頼されて古い恋人と別れる手伝いをしたのだが、その過程で惚れられてストーカーになったらしい。

同じく朝生に惚れてしまった松本にとっては、身につまされる話だった。

朝生という男は雑で乱暴なのに、不思議と人の気持ちを惹きつけるところがある。たまにほろりと優しいところや、気遣いを見せるからだろうか。

――ギャップ萌え、ってやつか。

二億円強奪事件の調査が佳境《かきょう》に入ってきたころから、彼女の姿はこのビルの付近では見かけなくなっていたはずだ。ようやく諦めたのかと思っていたのだが、そうではなかったようだ。

心晴は両手で包丁を握りしめ、その刃先をぶるぶると震わせていた。下手に刺激したら、刃傷沙汰にもなりかねない不安定な精神状態に彼女はあるらしい。

朝生も同じものを感じ取ったのか、目が合うと緊張した顔をして、小さくうなずいてくる。できれば手を貸せ、という意味だと松本は読み取った。

彼女の口が動いた。

「どういう……こと……よ……」

彼女の目は、一階と二階をつなぐ階段の踊り場にいる朝生にまっすぐ向けられている。松本はその中間にいた。

よっぽど悔しいのか、彼女の綺麗にメイクした目からは、ボロボロと大粒の涙があふれている。前に見かけたときから自分のことだけしか考えていない、劇場型ヒロインのようなタイプだと思っていたのだが、その推測は外れていないのかもしれない。

「落ち着け」

ゆっくりと階段を下りながら、朝生が彼女に近づいていった。だが、松本は朝生がすれ違おうとしたときに、腹のあたりに腕を回してそれを制しようとした。今の段階で彼女に近づくのは、危険すぎると判断したためだ。

「離せ」

だが、それを拒んで朝生はさらに前に出ようとする。そんな二人の仕草に、彼女はさらに激高《げっこう》したらしい。

「何で！　何で、その人なのよ！　何でいつの間にかできてるのよ！　それも、男と」

──は？

その叫びにどんな意味がこめられているのか、松本は理解できずに彼女を見た。

自分と朝生ができていると、恋仲だと彼女は思いこんでいるということだろうか。

確かに朝生とは、二度ほどエロいことをした。だけど、思いは松本の一方通行であって、朝生は松本に惚れているとは思いがたい。

──だよな？

呆然としながら朝生と視線を合わせたが、その瞬間、狼狽したように朝生の頬が一瞬で赤く染まったから、そのことのほうに松本は意識を奪われてしまう。

──え？　何この反応。……もしかして……。

朝生も松本のことを憎からず思っているなんてことがあるのだろうか。

女性のほうが恋愛感情に聡《さと》いと聞く。彼女は朝生の恋愛感情を、正確に見抜いたとでもいうのか。

──朝生が、俺に惚れてる……？

だが、朝生には松本への愛を認める気持ちはないらしい。

「できてねえよ？」

呆れきったとでもいうように、素っ頓狂な声を上げて反論する。

松本はその反応に密かに傷ついたが、彼女はその態度によけいに刺激されたらしい。

「嘘つき！　あんたは嘘が下手だから、本気なのかそうじゃないのかぐらい、すぐにわかるの。いつから男でもよくなったのよ！」

「だから、できてねえよ！」

朝生は逆ギレしたように叫んだ。

松本はその言葉がどこまで本当なのか知りたくて、すぐ前にいる朝生と彼女を交互に観察する。

少年を送るために玄関に出たときから、ずっとストーカーに監視されていたのだろうか。だけど、その短い間でもわかるぐらい、朝生の自分に対する気持ちはあからさまだったとでもいうのか。

――まぁ、……わかるときにはわかるよな。当人じゃなくて、傍観者のほうがわかるケースもある。

恋する相手が背を向けたときに、その後ろ姿に向けるまなざしとか。視線が向いていないときに、恋する本人が浮かべる表情とか。

そう思うと、よけいに朝生が愛しくてたまらなくなった。自分でも朝生の気持ちをしっかりと確かめたくて仕方がなくなる。

だが、朝生は頑《かたく》なに認めるつもりはないらしい。呆れたように、彼女に向けてため息をついた。

「何言ってんだよ。俺が！　こんなやつとできるはずがねえだろ。こいつはただの店子だ。放っておくと干上がりそうだったから、多少は客も譲ってやるし、仕事を一緒にすることもあるけど、頭のよさを鼻にかけたいけ好かない弁護士だぜ？」

朝生にとって自分の認識はやはりそんな感じなのかと、松本はがっかりした。しかし、彼女は持論を譲らない。

「あんたはゲイじゃないってわかってたわ。以前はいかにも態度がそうだったもの。だけど、今は違うの。あんたはそのカレのことを愛してる。……あたしね、結婚が決まったのよ。あんたには邪魔としか思われていないってわかったから、仕方ないから諦めて、式を挙げる準備を進めてきたの。いい人よ。お金持ちだし、別荘は世界中にいくつもあるし、自家用ジェットもヘリも船も持ってる。だけど、その男と結婚する前に最後にあんたの姿を遠くから見て、心の中でお別れを告げようとやってきたの。だけど、あんなにも幸せそうな顔をされると、もうぶっ殺すしかないって思うじゃない？」

彼女は引きつった笑顔で叫ぶ。ぶるぶると、また包丁を持つ手が震えてきた。

別れさせ屋をするときに、自分のライバルが男だと知ると、女性は怒りを覚えずに冷めることがある、と朝生は言っていたが、心晴に限ってはそうではないらしい。自分から男に乗り換えたと思いこんだことによって、怒りがよけいに煽られたようだ。

「待てよ。見るだけで別れを告げようとするやつが、どうしてそんな物騒なの、持ってるんだよ」

朝生が突っこむと、彼女は階段に足をかけた。

「我慢できなくなったら殺そうとは思って、そのための保険よ。結婚の準備進めてると、いろいろブルーになるものだから。もう全部投げ出したい。あたしもあんたもいろんなしがらみから解き放ってあげるわ」

「よけいなお世話、やめてくれない？」

「嫌よ」

彼女は歩みを止めない。形のいい足にはそこそこの高さのあるハイヒールを履《は》いていたが、履き慣れているらしくて足取りには安定感がある。

階段を一段一段上りながら、彼女は壊れたような笑みを浮かべた。

「やっぱり諦められないの。あんたを殺すわ。そのカレも」

「どうして好きな相手を殺そうとするんだよ。それがおまえの愛か？」

「そうよ！　あんたたちだけ幸せにするわけにはいかないのよ！」

ハイヒールの音を立てて上がってくる彼女の手から包丁を奪うために、松本は朝生を押しのけて前に出ようとした。

おそらく沈静化は無理だ。彼女はすっかり腹を決めているらしく、どこか冷静なようにも見えた。だけど、煽るだけ煽って興奮させて我を忘れさせたほうが、包丁を奪いやすくなると松本は判断した。危険は危険だが、むしろそうしたほうがてっとり早い。

だからこそ、松本は彼女に向けて声を放った。

「俺の愛する人を、おまえには殺させない」

ギョッとした声を上げたのは彼女ではなく、松本の一歩後ろにいた朝生だった。

「はあ？」

とんでもない顔をされているだろうが、背中に朝生をかばっている松本には見えない。

だからこそ、開き直って続けるしかない。

「朝生がどれだけ可愛いのか、教えてやる。ぶっきらぼうだけど、情に厚い。猫を撫でているときの笑顔が最高だ。猫が目を閉じたときみたいに、三日月型の目をして一緒に笑ってるんだ。なかなか素直じゃないところがあるんだけど、感じると蕩けるような顔をして俺に甘えてくる。そうだな、寝起きにボーッとしているときの顔と似てるかな。それと、キスをした直後の顔も――」

「て、てめえ！　何言ってやがる！」

朝生が狼狽しきって、抗議してくる。

「だけど、そうだろ？」

松本は彼女から目をそらさないまま、なだめるように背後の朝生に言った。

言葉にすることで、自分の言葉に毒される。確かにそんなところが、朝生は可愛くてたまらないのだ。

彼女は毒気を抜かれたのか、足を止めていた。

「お、……俺だって、松本のこと、嫌いじゃねぇぜ」

――はぁああ？

いきなり加勢を受けたことに、松本は動揺した。彼女への警戒を怠《おこた》らないようにしながらも、全身を耳にして朝生の言葉を待ってしまう。

「クソ弁護士で、自分は頭いいんです、っていう態度が鼻につくし、他人はみんなバカに見えてるっていう態度に、いつでも殴ってやりたくなるけど。……でも、ごく稀《まれ》に気遣いを見せてくれることがある。何より、役に立つ。まぁハンサムだし、さわやかだし、ガタイもいい」

朝生の目に、自分はそんなふうに見えていたのだろうか。マイナスにマイナスの評価と続いて、最後にちょっとだけプラスの評価があったような気がする。結局、全体的にはマイナスなのだろうか、プラスなのだろうか。

それでも、初めて聞いた告白にぼうっとのぼせ上がりそうになるほど、朝生に惚れているのだと再認識する。

――稀に見せる気遣いって、何かな？

もしかしたら、四百万をかけたあの件だろうか。そこまでして、ちょっとしたプラスの評価が付け加わるだけなのだろうか。

だが、ちらりと背後の朝生に視線を向けた松本は、その一瞬に心臓が射貫《いぬ》かれるのを感じた。

「——っ……！」

朝生の表情が、ひどく照れくさそうなのに幸せそうだったからだ。好きな人のことを思うときに、恋する人間が浮かべる笑み。

もしかしたら、彼女は朝生がこんな顔を松本に向けているのを見たのかもしれない。

目が合った瞬間、その表情は掻き消えて、朝生の目はガンをつけるほど鋭く変化したけれども、一度乱れた松本の鼓動はもとには戻らない。

——もしかして、これは両思い……？

そういうことになるのだろうか。大人の恋愛には身体の相性も大切な要素なのだが、自分と朝生はすでにその相性が極上だとわかっている。

——ってことは、付き合う？

「——許さないわよ！」

そのとき、彼女が動いた。

一気に階段を駆け上がり、松本に包丁を突き立てようとしてくる。それを奪おうと構えた松本を突き飛ばして、その前に身体を割りこませてきたのは朝生だ。

かばわれたことなどなかった松本は、それだけでズキュンとしてしまう。

朝生が元刑事で、荒事にも実践で慣れていると思い出したのは、あっさりと彼女の手から包丁を叩き落として、それを靴で踏みつけた姿を見たときだった。

「大丈夫か？」

突き飛ばした松本のほうにケガはないかと、朝生が声をかけてくる。そのキリッとした顔を見た途端、松本は大股で朝生に歩み寄り、無言でその唇を奪わずにはいられなかった。何やら自分でも制御しがたい情熱に駆られていた。

「っぐ、……っぐぐ、ぐ……！」

きさま、何をするんだ、とでも言おうとしたに違いないくぐもった音が、朝生の口から漏れる。

それでも松本は自分を押しとどめることができず、朝生の身体を抱きすくめて唇を割らずにはいられなかった。

朝生の舌も唾液も、心を溶かすぐらい甘い。

朝生の肉体は、松本にとってたまらないご馳走だった。どうしてこれほどまでに、蠱惑《こわく》的な肉体があるのかわからない。朝生の身体についた筋肉や、漂ってくる汗の匂い。それらの全てが、たまらなく松本を煽る。

熱い舌に舌をからめ、その吐息や唾液の全てを奪いたくてキスがやめられなくなる。

一応は彼女を牽制するためにチラリと視線を向けたとき、包丁を朝生の靴で踏みつけられたままの彼女が叫ぶのが聞こえてきた。

「もう、……いいわよ！」

それだけ言い残して、走って姿を消す。

それを目の端で確認した松本は、ようやく朝生の唇を解放した。彼女を逃がしてよかったのかと思いはするが、キスしたくてどうしようもなかったのだから仕方がない。

人前でキスされたことによっぽど狼狽したのか、朝生は荒々しく呼吸をしながら口元を拳で拭っていた。そんな愛しい人を眺めながら尋ねてみる。

「これで一件落着、といくかな」

「てめえ！」

まずは一発、横っ面を殴られた。いきなりキスした礼だろう。一瞬視界がぶれるほどの衝撃はあったが、頬があまり腫《は》れることがないように骨を狙ってはくれたらしい。

それでも痛みが消えずに頬を撫でていると、朝生は包丁を階段から拾い上げながら言ってきた。

「しばらく心晴は姿を消してたから、ようやく諦めたと油断してたんだ。いきなり今日現れたところを見ると、そうじゃなかったようだな。今日のことで、諦めてくれればいいんだが」

「あそこまでのキスを見せつけたら、諦めてくれると思うよ？」

キスをしたのは朝生への気持ちが抑えられなくなったからだが、彼女に見せつけるためだという言い訳も今さらながらに成立する。

何よりキスに発情したのか、朝生の頬がほんのりと上気しているのが色っぽくてたまらなかった。

自分たちは、とにかく身体の相性がいいようだ。ここまでキスを重ねれば、そのことはごまかしきれない事実として、朝生にもそろそろ認識ができてくるころだろう。

そんな朝生の姿にほくそえみながら、松本は階段を上がって自分の事務所に松本を誘う。

「そういや、いい酒があるけど。俺の事務所で飲まないか？」

依頼の礼として、もらったブランデーがある。

たまらなく発情しているのは、松本も一緒だった。色っぽい濡れた顔を見せる朝生と飲んでいるうちにその気になったとしても、事務所ならいつでも楽しいことができそうだ。

「今日は、……これで営業終了にしないか」

朝生の腰をそっと抱き寄せながら、さりげなく誘惑を重ねる。朝生はどこが弱いのか、すでによく知っていた。それらを的確に押さえていけば、じきに理性が利かなくなるはずだ。

すでにそんな状態になりかけているのは見て取れるのに、朝生は松本の手を冷静にねじ上げながら言ってきた。

「念のため言っとくけど、さっきのは全部嘘だからな。……っ、誤解すんなよ？」

先ほどの告白について、否定するつもりらしい。マイナスにマイナスの評価を重ねて、最後にちょっとだけプラスだった、あの言葉。

だけど、あのときの表情まで見てしまったからには、松本は朝生の愛を確信するしかない。

いつか本気で「惚れた」と言わせてみせると心の中で誓いながら、松本も軽く言い返す。

「安心しろ。俺が言ったのも、全部嘘だ」

松本が彼女に語った、朝生の可愛いところ。色っぽい姿や、ぶっきらぼうなのに情に厚いところ。

朝生のほうから松本の心を踏みにじった直後だというのに、そのお返しに松本が同じことをすると、朝生が傷ついた表情を一瞬だけ見せるのが、たまらなく愛おしい。

そんな朝生にどんどん惚れていくのを感じながら、松本はその腰を強引に廊下で抱き寄せた。

「だけど、……俺の身体は嫌いじゃない、だろ」

互いの熱くなった性器が服越しに擦れあい、うめき声が漏れそうなほど感じる。

朝生のほうも、それ以上に感じたらしい。さりげなく抵抗しようとするのを押さえこんで事務所に引きこむのに、さして手間はかからなかった。


――ああ、……また、どうしてこんなことに……。

松本の事務所のソファに転がりながら、朝生はぼんやりと考える。指先も動かしたくないほど、けだるい感覚に満たされていた。

松本と飲んで、そういう雰囲気になって、夜明け近くまでやってしまったのだ。

――そういう……仲じゃ……ないはずなのに。

すでに朝になっている。しかも、おそらく九時近い時刻だ。どこかからコーヒーの匂いが漂ってくるから、松本はとっくに起きているのだろう。寝返りを打つと松本の後ろ姿が見えて、それを朝生は目で追う。肌を合わせると、何だかその相手のことが不思議と愛おしいような気分になるのはどうしてなのだろう。あんなにいけ好かない男なのに。

そのとき、廊下で人の気配がした。

――ん？

動けないでいる朝生を残して、素早く廊下に出ていったのは松本だった。

「こんにちは、ストーカー対策でお困りですか？　でしたら、うちの弁護士事務所に」

そんな声が聞こえてくる。

――客か……！

朝生は飛び起きた。

慌てて身支度を整え、寝ていた松本の事務所のソファを綺麗にしてから廊下に出る。松本は客を前に、弁護士事務所のドアの付近に貼られた看板を参考にして説明をしていた。さすがに男が裸で寝ている事務所に客を案内するわけにはいかなかったらしい。だからこそ、まだまだチャンスはあった。

朝生は満面の笑顔で、客の前に割りこんでいく。

「弁護士事務所などでは生ぬるいですから、ストーカー対策でしたら経験豊富なうちの探偵事務所に。お目覚めからおやすみまでぴったり張りついて、あなたをガードしつつ、解決に導きます」

「おまえね」

依頼人を奪われそうな気配に、松本が不満気な顔を向けてくる。

多少は関係が変化したところで、この先も二つの事務所の間の攻防戦は収まりそうもない。

あとがき

このたびは『いけ好かない商売敵と』を手にしていただいてありがとうございます。

ケンカップルが書きたくて、挑戦してみた話です。顔を合わせればにらみあい、何かと罵りあう、成人男性二人の話。ただケンカップルだと恋愛感情の自覚が互いに希薄なので、こんな二人をどうやってBLに仕上げようか、っていうあたりで試行錯誤してみました。

最終的にこんな感じになりましたが、いかがだったでしょうか。何しろ普通の状態だとやるところまでいかないと思うので、『セックスしなければ出られない部屋』的な状況をどうにか作るってことと、一度したら病みつきになっちゃうほど、身体の相性がめちゃくちゃいい、っていうのを足がかりに、ゴールまで突っ走りました……！　ケンカップル楽しいけど、恋愛感情の自覚が薄いあたりで互いのキュンがちょっと足りないか？　という心残りはありますが、最初っから深く自覚してたらいかんと思うのがケンカップルなので。

ってことで、このお話にイラストをつけていただいた幸村佳苗《ゆきむらかなえ》さま。本当に素敵な二人をどうもありがとうございました。すごく素敵で、うっとりです。

担当さんにも、お世話になりました。

何より読んでくださった皆様に、心からの感謝を。ご意見ご感想など、お気軽にお寄せください。ありがとうございました。

Splush文庫

この本を読んでのご意見・ご感想をお待ちしております。

◆ あて先 ◆

〒101-0051

東京都千代田区神田神保町2-4-7 久月神田ビル7階

㈱イースト・プレス　Splush文庫編集部

バーバラ片桐先生／幸村佳苗先生

いけ好かない商売敵と

2017年11月25日　第1刷発行

著　　者　バーバラ片桐《かたぎり》

イラスト　幸村佳苗《ゆきむらかなえ》

装　　丁　川谷デザイン

編　　集　藤川めぐみ

発 行 人　安本千恵子

発 行 所　株式会社イースト・プレス
〒101-0051
東京都千代田区神田神保町2-4-7 久月神田ビル
TEL 03-5213-4700　　FAX 03-5213-4701

印 刷 所　中央精版印刷株式会社

ISBN 978-4-7816-8611-0

定価はカバーに表示してあります。

Splush文庫の本

**「チ○コもないくせに
セックスできるわけないでしょう!」**

先祖代々の屋敷を相続したら、性欲漲る昭和の不良オヤジの幽霊に取り憑かれてしまった——!そんな荒唐無稽な災難に見舞われた、売れない小説家の安田。きっかけは祖母の家にいた土方という幽霊に、あるモノを探してほしいと頼まれたことだった。日に日にパワーを増し、実体化さえするようになった土方がお願いしたコトは!?

『色悪幽霊、○○がありません!』　中原一也

イラスト　小山田あみ